KB006797

당신들의
감동은
위험하다

당신들의 감동은 위험하다

초판 1쇄 발행 | 2014년 3월 3일

지은이 이정서
발행인 이대식

편집주간 이숙
책임편집 최하나 **편집** 김화영 나은심
마케팅 임재홍 윤여민 정우경 **관리** 홍필례
디자인 모리스

주소 서울시 종로구 평창길 329(우편번호 110-848)
문의전화 02-394-1037(편집) 02-394-1047(마케팅)
팩스 02-394-1029
홈페이지 www.saeumbook.co.kr
전자우편 saeum98@hanmail.net
블로그 saeumbook.tistory.com
페이스북 facebook.com/saeumbooks

발행처 (주)새움출판사
출판등록 1998년 8월 28일(제10-1633호)

ISBN 978-89-93964-72-1 03810

새움

작가의 말

이 소설에는 실명과 허구의 이름이 동시에 쓰였습니다. 소설에 실명을 등장시키는 것은 대단히 위험한 일이나, 언론에 이미 발표된 이름들은 그것을 숨기는 것이 오히려 더 불필요한 상상을 초래할 수 있을 것 같아, 경우에 따라서는 실명을 쓸 수밖에 없었습니다. 그분들의 명예에 관계되는 일이나, 대한민국 문학계를 이끌어온 그분들의 공은 공대로 과는 과대로 이제는 드러내 보일 때가 되었다는 생각입니다.

그럼에도 불구하고 이것은, 발단-전개-위기-절정-결말이라는 소설의 구성단계를 모범적으로 따른 흥미로운 소설임은 분명합니다. 이것이 단순히 논픽션이 아니라는 것은 정작 이 소설의 주인공조차 본래의 이름을 갖지 못했다는 점에서도 확인할 수 있습니다. 아무리 닮아 있다 해도 현실세계 속의 그는 엄연히 다른 사람이기에 그 이름까지 따올 수는 없었던 것입니다. 그에 더해, 현실이 아무리 극적이라 해도 소설보다 더 극적일 수 없을 터라 그 '재미와 효과'를 위해 다소 과장된 등장인물들이 창조될 수밖에 없었다는 점 또한 밝힙니다. 한마디로 이것은 소설이니, 소설로 읽어주길 바랄 뿐입니다.

2014. 2. 이정서 씀

차례

강준만 교수님께

안녕하십니까. 얼마 전 선생님으로부터 원고 청탁을 받은 문학평론가 이인서입니다. 이제서야 답장을 드리게 되어 죄송합니다. 선생님이 책임을 맡고 계신 잡지에 자전적 글을 써달라는 것과 다른 분들의 인터뷰 기사를 써달라는 두 가지 제안에 대해 생각해 보았습니다. 저 역시 선생님께서 진행하고 계신 일련의 작업이 우리 사회에서는 매우 소중하며 의미 있는 일이라고 평소 생각해 오고 있던 터였기에 지면이 허락될 때마다 선생님의 작업에 대한 제 나름의 견해를 소략하나마 표명하기도 했습니다. 그러나 이번 제의는 거절해야 할 듯싶습니다. 이유는 저 자신의 문제 때문입니다.

저는 1970년생이니까 이제 기껏해야 만 서른 살에 불과합니다. 물론 세상살이라는 게 꼭 나이로 평가될 수 있는 것은 아니겠으나, 적어도 이 나이는 지나온 시절을 회고하기보다는, 살아가야 할 삶을 기획하고 모색하는 데 적합한 때라고 생각합니다. 바꿔 말해, 저로서는 제 자신의 삶과 사유의 양상을 회고하고 평가할 만한 경험의 축적이 아직은 말할 수 없이 미진하다는 생각입니다.

두 번째 제안 역시 받아들일 수 없는 가장 큰 이유는 저에게 그럴 만한 시간적 여유가 없기 때문입니다. 저는 지금 서울시립대학의 국어국문학과 조교로 재직중에 있습니다. 선생님도 대학교수이시니까 이 조교라고 하는 직업의 분주함을 잘 알고 계시리라 믿어 자세한 말씀은 느리지 않겠습니다. 동시에 저는 박사과정 학생이기도 합니다. 1년의 재수 끝에 박사과정에 간신히 합격했지만, 공부할 시간은 태부족한 답답한 실정입니다. 퇴근시간인 6시 이후에야 사무실의 문을 잠그고 책을 읽거나 글을 씁니다. 다른 한편에서는 제 본업이라 할 문학평론가로서 활동하고 있는데, 이러한 일을 동시에 수행하고자 하면, 상당 정도의 시간적 안배가 필요합니다. 문제는 제가 아무리 시간적 안배를 철저히 한다고 해도, 도저히 이 모든 일을 순조롭게 진행하기란 무리라는 사실입니다.

한 편의 원고를 쓰거나 책을 읽기 위해서는 퇴근 후 저녁부터 다음 날 새벽까지 무리를 해야 합니다(아직까지 저에게는 그 흔한 컴퓨터 한 대 없습니다. 때문에 글을 쓰기 위해서는 학과 사무실에서 밤을 새는 것이 다반사입니다. 이러한 곤란 때문에 저는 올해 2월부터 학교 앞에 반지하 자취방을 얻어서 살고 있습니다). 그리고 9시면 어김없이 출근하여 이런저런 업무를 처리해야 하는데, 이 때문에 가끔 앓아눕기도 하는 실정입니다. 물론 대학의 조교라는 것도 내년 2월이면 마치게 되니까, 그때가 되면 어느 정도는 시간적 여유가 생길 것도 같습니다. 그러나 생활비로부터 학비, 책값 등등의 모든 것을 혼자서 해결해야 되는 저의 입장에서는 충분한 여유를 가지고 문학평론가로서의 작업을 수행하기는 어려울 것 같습니다. 다시 한 번 선생님의 청탁을 받아들이지 못하게 됨을 죄송스럽게 생각하며, 항상 건강하시기를 기원합니다.

이인서 올림

지우형 편집장

그냥 믿고 맡길까 하다가 살펴본 교정쇄는 엉망이었다. 최종 교정지가 아니었으므로 개선의 여지는 있었지만, 문제는 바른 것을 틀리게 고쳐놓았다는 데 있었다. 평론가이자 대학교수이기도 한 필자의 꼼꼼한 성격으로 미루어 교정지를 이렇게 넘겼다가는 불벼락이 떨어질 것은 당연했다. 편집장인 지우형은 담당자인 임수빈을 불러 물었다.

"여기서 '덮여 있다'를 왜 '덮혀 있다'로 고쳐놓은 거죠?"

"동사를 피동사나 사역동사로 만드는 보조어간이 '히' 아닌가요? 예컨대 '먹다'가 '먹히다'가 되는 것처럼 말예요."

탤런트 고소영을 연상시키는 임수빈이 득의에 찬 표정으로 대답했다. 그녀는 언제나 자신감이 넘쳤는데, 그러한 점이 자신을 과시하려는 의도로도 읽혀 가끔은 불편했다.

지우형은 의도적으로 문법적인 이유를 빌려와 무엇이 잘못

되었나를 설명했다.

"그 말은 맞아요. 그렇지만 '히'가 임수빈 씨 말대로 피동사나 사역동사를 만들 수 있는 경우는 한정되어 있어요. 다시 말하자면 ㄱ, ㄷ, ㅂ, ㄵ, ㄺ 등의 받침을 가진 어간에 붙어서 피동을 만들고 그 외의 받침에서는 그런 기능을 하지 못한다는 거죠. '덮다'의 어간 '덮'의 받침은 'ㅍ'이잖아요. 그러니까 이 경우 피동을 만들려면 '이'를 넣어서 '덮이다'라고 써야 해요. 결국, '덮이다'가 '덮이어'가 되고 그 줄임말인 '덮여'가 되는 거죠. 예를 들어 '높이다'도 마찬가지겠지. '높히다'라고 표기하면 틀린 거죠?"

임수빈의 얼굴이 붉어졌다.

"하나만 더 볼까요? 여길 봐요. '되다'의 경우, 동사인 경우는 띄어쓰고, 접미사인 경우에는 앞의 명사에 붙여써야 한다는 건 알고 있겠죠?"

"예……."

"지금 이 페이지에서만 해도 혼동해서 쓰고 있는데, 이렇게 생각해 봐요. 앞의 명사에 '-하다'가 붙을 수 있으면 붙여쓰고 '-하다'가 붙을 수 없으면 띄어써야 한다는 원칙을 정하자는 거죠. 요컨대, 여기 봐요. '문제되는'을 붙여놨는데, '문제'라는 명사에 '-하다'를 붙여봐요. 어떻게 되죠?"

"문제하다."

임수빈이 조금 주눅든 목소리로 대답했다.

“그래요. 그런데 우리말에 그런 말은 없죠? 그러니까 붙여쓰면 안 된다는 거죠. 여기서 ‘문제’와 ‘되는’ 사이에는 조사 ‘가’가 생략되어 있다고 보면 될 거예요. 그렇죠?”

임수빈은 붉어진 얼굴로 고개를 끄덕였다. 지우형은 그녀가 보는 앞에서 ‘주목 되다’라는 표기 위에 붉은 플러스펜으로 붙임표를 하고 다음 장을 넘겼다. 이제 굳게 입을 다문 임수빈은 그런 과정을 지우형의 어깨너머로 지켜보고 있었다. 서울대 사회학과를 졸업하고 문학이 좋아서 우연찮게 출판세로 발을 들여놓게 되었다는 그녀는 빼어난 외국어 실력을 지니고 있었고 여러 면에서 능력을 갖추고 있어서 입사한 지는 얼마 안 됐어도 윗사람들의 신임을 얻고 있었다. 그런 그녀였기에 편집장의 직설적인 지적은 꽤나 자존심을 상하게 했을 터였다. 지우형은 그 외 몇 가지를 더 지적하고는 원고를 덮어 내밀었다.

“편집자라고 해서 뭔가 원고에 손을 대야 한다는 강박감은 버리세요. 이 원고의 필자는 편집자 이상으로 맞춤법에 능한 분이에요. 손댈 게 없어야 하는 게 오히려 당연한 거예요. 그리고 원고에 손을 댈 때는 반드시 사전으로 확인하세요. 본인이 알고 있는 상식으로 임하면 크게 그르칠 수 있어요.”

지우형의 쓴소리에 임수빈은 말없이 고개를 숙이곤 그로부터 벗어나 파티션 밖으로 돌아나갔다.

스무 평 남짓한 정방형의 공간을 사용하고 있는 편집부는 각각의 파티션으로 자신의 공간을 구획해 사용하고 있었다. 지우형이 앉은 자리에서는 창밖이 내려다보였다. 그가 이곳 출판사로 옮겨온 지도 어느덧 7년의 시간이 흘러 있었다. 그사이에 변화는 많았다. 남향받이 창 밖으로 은행나무 한 그루가 심겨진 좁장한 공지가 내다보이던 그곳엔 어느새 5층짜리 콘크리트 건물이 들어서 있었고 수령 깊은 은행나무가 서 있던 시야엔 증권회사 로고가 자리하고 있었다. 그 같은 외부적인 변화처럼 지우형도 어느새 편집장이 되어 있었다.

"뚜우, 뚜우."

인터폰이 울렸다. 내선 1번 사장이었다.

"예, 지우형입니다."

"들어와."

"알겠습니다."

사장의 호출은 언제나 간단했다. 사장실에서 박 부장을 비롯한 영업부원들이 회의를 마치고 나오고 있었다. 아침회의를 마치고 영업현장인 서점에 나가봐야 하는 영업부 회의가 항상 먼저였다. 하루의 일과는 그렇게 시작되었다.

막 자리에서 일어서려는데 다시 인터폰이 울렸다.

내선 7번, 총무과 김경아였다.

"편집장님, 4번 전화 와 있는데요."

"어딘데요? 나 회의 들어가야 하는데…… 중요한 전화 아니면 메모 남겨줄래요?"

그렇게 이야기하면 평소 같으면 눈치 빠른 그녀는 그러겠노라고 대신 전화를 받는 게 보통이었다. 그러나 이번엔 달랐다.

"꼭 편집장님하고 통화를 하고 싶다는데요."

"……?"

지우형은 사장실 쪽을 돌아보고는 할 수 없이 회선을 눌렀다.

"예, 지우형입니다."

"……."

순간적이었지만 저쪽의 침묵이 전해져 왔다.

"여보세요?"

"……저기……."

조심스러운, 상당히 주저하는 여자의 목소리였다. 목소리는 탁했다. 지우형은 일으켜세웠던 몸을 자신도 모르게 주저앉혔다.

"예, 말씀하시죠."

누굴까? 나를 아는 누구? 지우형은 짧은 시간이었지만 많은 생각을 했다. 그러나 도저히 기억에 잡히지 않는 낯선 목소리였다.

"원고 때문에 전화드렸는데……."

지우형은 순간 맥이 탁 풀렸다. 바싹 긴장시켰던 신경줄이

툭 끊어지는 느낌이었다. 원고 때문이라면 그런 식의 전화는 얼마든지 있는 것이었다. 자신의 작품이 끝났는데 한번 읽어봐 줄 수 없겠느냐는 전화는 지극히 정상적인 것이었다. 이제 책을 한 권 써볼라 그러는데 어쩌면 좋겠느냐는 뜬금없는 물음부터 만약 계약을 하게 되면 인세는 얼마나 주겠느냐는, 순서가 뒤바뀐 질문도 있었고, 숫제 자신이 출판사에 무슨 큰 수혜를 베풀기나 하는 것처럼 '그 출판사가 광고도 잘하고 베스트셀러도 많이 낸다고 해서 이번엔 내 책을 그곳에서 내기로 했다'는 전화도 있었다. 그 내용은 각양각색이었고 그 수도 만만찮아서 그런 전화에 일일이 대꾸하다 보면 제대로 업무를 볼 수 없을 지경이었다.

"어떤 원고를 가지고 계시는데요?"

지우형은 할 수 없이 물었다.

"직접 뵙고 말씀드리고 싶은데요?"

여자가 그 탁한 목소리로 띄엄띄엄 말했다. 어림잡아 30대 중반은 넘은 목소리였다. 목이 잠긴 탓이라면 그보다 젊을 수도 있겠지만 그렇게 생각되지는 않았다. 지우형은 무심결에 손목의 시계를 살폈다. 마음이 급했다.

"아니, 선생님께서 직접 오시는 것도 불편하실 테고, 솔직히 저희 역시 전혀 원고도 안 본 상태에서 방문을 받으면 부담스럽거든요. 그러지 마시고 우편으로 보내주시든가 이메일로 넣어주시면…….”

지우형이 설명을 채 마치기도 전에 여자가 다시 애원조로 말했다.

“꼭 뵙고 말씀드려야 하거든요.”

“……?”

지우형은 다시 무심코 손목의 시계를 살폈다. 조금 짜증이 났다. 지금 사장실에 들어가 나눌 이야기의 심각성까지 겹쳐진 탓일 것이다.

“잘 알겠습니다. 그렇지만 지금 급한 회의에 들어가야 하거든요. 나중에 전화를 다시 주시든가, 우편으로 원고를 보내주십시오. 죄송합니다.”

그렇게까지 이야기하면 대부분 저쪽도 양해를 해주는 편이었다. 그러나 여자는 달랐다.

“제가 회사 근처에 가서 전화를 드리겠습니다.”

지우형은 잠깐 할 말을 잃었다. 이런 경우는 지극히 드문 경우였다. 그냥 사무실로 찾아오겠다는 것도 아니고 근처에 와서 다시 전화를 하겠다니. 지우형은 별수 없이 그럼 그렇게 하라고 말하곤 전화를 끊었다.

정세진 사장

"사장님 후배라는데요."

김 과장의 말에 정세진은 자신의 자리에 놓인 수화기를 집어들었다.

"이인서입니다. 잘 지내셨어요?"

전화기 속 목소리는 세진의 대학 후배였다.

"어 그래, 인서야. 오랜만이네."

"책은 잘 나가구요?"

"매일 그렇지 뭘. 요즘 어때? 가끔 지면을 통해서 글은 보고 있다. 원고 청탁은 좀 있냐?"

이인서는 문학평론가이기도 했다. 대학교 2학년 때 이미 일간지의 신춘문예 제도를 통해 등단을 했고, 군대에 다녀온 뒤 다시 잡지의 비평상을 받음으로써 문학비평을 시작했었다.

"그렇죠 뭘."

'그렇죠'는 그의 말습관이다. 그렇죠 뭘, 조금 그렇죠, 그렇긴 하죠…… 그 말투가 여전한 것이다.

"근데 어쩐 일이야, 이 시간에 전화를 다 하고?"

"오늘 시간 있으세요?"

"왜?"

"허구 교수님이 좀 뵈었으면 하시는데……."

이인서는 박사과정 중에 있으면서 학과 조교로 있었다. 허구? 사진으로 몇 번 본 적이 있을 법한 그의 얼굴을 어렴풋이 떠올리며 정세진이 물었다.

"그분이 왜 날……?"

정세진은 그 대학 출신이긴 해도 그 사람과 직접적으로 만날 기회는 없었다. 허구는 정세진이 그 대학을 졸업한 이후 부임해 온 것으로 알고 있었다. 물론 지면을 통해 활발한 활동을 하고 있었으므로 그의 글을 읽은 정세진으로서는 전혀 낯설지만은 않았다.

"원고 문제 때문에 그러시는데, 상의하고 싶으신가 봐요."

"그런 문제라면 못 만날 게 없지만. 근데 그럼 직접 전화하시라 그러지 왜 널 통해?"

"……?"

이인서가 우물쭈물했다. 특별히 무슨 답변을 기대해서 물은 것은 아니었지만 조금 의아해하며 정세진이 말했다.

"그래, 어떻게 만나면 될까?"

"오늘 학교로 들어왔으면 하시는데요."

"오늘? 야, 거기가 근처에 있는 것도 아닌데, 그렇게 일방적이면 어떻게 하냐?"

"조금 그렇죠?"

인서의 목소리가 조심스러워졌다.

"나도 바빠서 낮에 시간 내기가 좀 어려워. 근처에 오실 일 있으면 전화 달란다고 하지그래."

잠깐만 기다리라며 인서가 전화선 저쪽으로 사라졌다. 뭐야, 옆에 있었던 거야? 그랬구나. 세진은 생각했다. 잠시 후 인서의 목소리가 들려왔다.

"늦게라도 상관없다는데요. 여섯 시 넘어까지 학교에 계실 거라고."

인서가 세진의 말뜻을 못 알아들은 것 같지는 않았지만 세진은 곧 생각을 바꿨다. 오랜만에 학교를 찾아보는 것도 괜찮을 듯싶었고 기회가 닿으면 은사님들도 만나뵐 수 있지 않을까 싶었다. 인서를 본 지도 오래전이었다. 녀석과는 그저 단순한 선후배 관계를 넘어 적잖은 추억도 가지고 있는 사이였다.

"그래 알았다. 내가 여섯 시까지 학교로 갈게. 어디, 과사무실로 가면 되나?"

"고마워요, 형."

전화를 끊고 나자 십수 년 전 떠나온 학교가 떠올랐고, 자신과 인서 사이에 얽혔던 추억들이 오래된 필름의 영화처럼 흐릿하게 떠올랐다.

세진과 인서의 만남을 굳이 좇아보자면 대학문학상 시상식이 있었던 날이었다. 그때 세진은 군대를 제대하고 복학한 3학년이었고 인서는 현역 2학년이었다. 창작 활동을 하더라도 골방에 들어앉아 내색 않고 하던 시절이었기에 각자 서로에게 그런 면이 있는 줄은 몰랐다. 전국 대학생을 대상으로 하는 그 공모진에서 세진과 인서는 각각 소설과 평론 부문에서 당선했던 것이다. 시상식이 있던 그날, 두 사람은 같은 과 선후배로 모르는 사이는 아니었지만 그때 처음으로 술잔을 기울이며 긴 시간 이야기를 나눌 수 있었다. 적잖은 상금까지 주어진 시상식 후 술냄새를 맡고 달려온 과 선후배들과 어울려 몇 차례 술집을 옮겨다니다, 어느 사이 둘은 한 싸구려 룸살롱에서 마주 앉아 있었다. 어떻게 그 자리까지 오게 되었는지 둘은 전혀 기억을 하지 못했는데, 그날의 물주는 그들이었기에 아마도 술집을 옮기던 도중 동료들이 당연히 따라들어오겠거니 하고 이야기에 빠진 채 그 집으로 들어선 모양이었다. 나중에 확인한 바에 따르면, 그 둘은 무슨 이야기인지에 빠져 조금 앞서 걷고 있었는데 어느 순간 사라져버렸다는 것이었다. 동료들은 주변 술집을 다 뒤지고 다녔는데, 학생 입장으로 감히 그런 술집을 들어갔을 거라고는 누구도 상상하지 못해 끝내 찾아내질 못하고 뿔뿔이 흩어졌다는 것이었다. 둘은 '과부촌'이라는 그 술집에서 얼마간의 술을 마시고 다시 청량리역 앞의 포장마차에서 소주를 마셨으며 아침에 근처 여인숙에서 함께 깨어났다. 그날 무슨 이야기를 그렇게 끝도 없이 나누었는지 모르겠지만, 이후 둘이 포함된 창작모임이 만들어졌던 것으로 미루어 아마 그에 관한 이야기를 나누었을 것으로 세진은 기억하고 있었다.

기억들은 시공간의 질서 없이 분절되어 정세진의 머릿속을 헤집고 다녔다. 이후 인서는 일간지 신춘문예로 정식 등단 절차를 거쳤지만 별 활동 없이 군에 입대했고 3년의 군복무 후 복학해 다시 유명 잡지의 문학비평상을 받고 지금에 이르러 있었다. 세진은 이후 졸업을 앞두고 소설 쓰기를 그만두고 졸업도 하기 전에 출판사에 취직해 사회에 진출했었다.

표절

"진행되는 원고는 그대로 진행하면 될 테고, 광고는 조선일보 금요일자 5단통과 동아일보 토요일자 전면이니까 준비해 두고. 다른 일은 없지?"

사장이 업무일지를 형식적으로 훑어보고 결재란에 사인을 해넣으면서 지우형에게 말했다. '다른 일은 없다'라는 말은 사장의 언어습관이었다. 회의진행 방식이기도 했다. '다른 일'은 이제부터였다.

"그건 그렇고……."

사장이 사인을 마친 업무일지를 탁 덮으면서 말을 이었다.

"소송건이 길어지고 있는데 잘 돼가고 있는 거지?"

사장이 역시 잊지 않고 진행중인 소송건을 챙겼다. 지우형은 사장의 입에서 이 문제가 나올 때마다 괜히 죄스러웠다. 출판사는 지금 자신으로 인해 어처구니없는 소송에 휘말려 있었다.

경위는 대충 이랬다.

어느 날 지우형의 친구가 원고를 하나 소개했다. 자기가 다니는 회사의 사장 딸이 이제 고등학생인데 소설을 아주 잘 써서 꼭 책으로 만들어주고 싶다며 원고를 맡겼다는 것이었다. 그 친구가 나서서, 그래도 꽤 이름 있는 출판사의 편집장으로 있는 지우형을 판 것인지 딱히 이 출판사가 마음에 들었던 것인지 모르겠지만, 원고를 봐달라는 친구의 부탁을 그냥 한마디로 무지르기도 뭐해서 그러마고 했는데, 그쪽에서는 원고를 읽어보고 출판할 만하다면 제작비부터 광고비까지 일체 자기들이 내겠다는 것이었다.

누구에게나 자신들의 원고에 대해서는 기대가 큰 법이었고 지극히 주관적인 평가에 매몰되기 십상이지만, 정작 문장도 되지 않는 원고를 가지고 '이문열' '김진명'의 소설이 백만 부가 팔렸으면 자긴 2백만 부는 팔 자신이 있다고 확신에 차 있는 이들이 있는가 하면 『전쟁과 평화』를 뛰어넘는 전쟁소설이라며 기세 좋게 전화를 걸어오는 이들도 있었다. 그런 경우 대부분의 원고가 몇 장 넘기기 힘들 만큼 조악한 것들이기 쉬웠다. 친구의 사장이 누구든 자신의 딸이 랭보쯤 되는 천재적인 감수성을 가졌다고 믿고 있다고 해서 이상할 건 없었다. 읽어보고 그가 말하듯 천재 작가가 쓴 소설 같지 않으면 정중히 돌려주면 그만이라는 마음으로 지우형은 원고를 넘겨받아 짬을 내 읽어보게 되었다.

지우형의 독후감은 이랬다. 일본의 무라카미 류의 문체와 하루키의 감수성이 교묘히 뒤섞인 것 같은. 좋게 생각하자면 우리나라의 기성 작가들에게서는 찾아보기 힘든 개성이 담겨 있었고, 나쁘게 말하자면 일본 소설의 아류격인 그런 소설이었는데, 읽기에는 그다지 무리가 없었다. 지우형은 이 정도라면 출판을 못할 것도 없을 것 같았다. 평소답지 않게 잘 부탁한다는 말을 몇 번씩이나 했던 친구의 얼굴도 눈에 밟혔던 게 사실이다. 지우형은 즉시 사장에게 상황을 보고했다. 지우형을 믿고 있던 사장으로서는 손해볼 장사가 아니라는 생각을 했는지 웃으며 편집장 뜻대로 하라고 말했다. 사장은 그러면서 한마디 물었었다.

"내용도 괜찮고 제작비 내고 광고비까지 내주겠다니, 우리로선 마다할 일이 아니지만, 그럼 그쪽에서 얻고자 하는 게 뭐야. 좀 이상하지 않아?"

그때 지우형은 대답했었다.

"딸의 재능을 키워주고 싶은 마음이겠죠. 달리 다른 뜻이 있을까요?"

"그렇겠지?"

그리고 일은 일사천리로 진행됐다. 친구를 통해 출간의사가 있음을 통고한 뒤 선불을 받고 제작에 들어갔다. 사태는 이후에 벌어졌다. 이제 고작 고등학교 졸업을 눈앞에 둔 작가가 쓴, '감수성의 혁명'이라는 카피를 달고 나갔던 그 소설은, 호언했던 그 딸의 아버지 말대로 중앙 일간지에 광고가 게재되고 그 회사 직원들이 사입을 하기 시작한 건지, 졸지에 대형매장의 베스트셀러 순위에 진입하기 시작했다. 그러나 특정한 시점에 특정 서점에서만 집중적으로 판매가 이루어져 베스트셀러 순위에 진입한 이후 얼마 지나지 않아 출판사 홈페이지에 그 소설이 표절되었음을 알리는 항의 메시지가 떴다. 다음 날부터는 출판사에 책임을 묻는 항의 전화가 잇따랐다. 사장과 지우형들은 대책회의에 들어갔고, 결국 향후 출판사의 이미지를 고려해 전량 수거해 폐기처분하기로 결정했다. 그러나 그 와중에 사태는 점점 이상한 쪽으로 발전해 가고 있었다. 그 소설을 썼다는 고3 학생은 그 소설 출간을 계기로 이미 한 대학에 특별전형으로 입학하게 되어 있었던 것이다. 그러나 표절시비가 일고 출판사에서 사과광고를 실은 뒤 전량 수거하겠다는 발표가 있고 나서 면접시험을 남겨두었던 딸이 최종적으로 불합격 처리되면서 그 아버지는 출판사에 법정소송을 걸고 나온 것이다. 표절이라는 명백한 증거도 없는데 출판사에서 책을 수거함으로써 딸의 대학입학을 좌절시켰다는 것이 그 이유였다.

"죄송합니다."

그때 생각만 하면 지우형은 지금도 얼굴이 붉어졌다.

"아냐, 편집장이 그렇게 생각할 필요는 없고. 그런 말 듣자고 물은 게 아니라 더 이상 끌려가지 말고 가능한 방법이 있다면 빨리 끝내버리라는 이야기야."

"처음과 달리 저쪽도 고소를 취하할 용의가 있는 듯하니 다시 만나보겠습니다."

"그래. 이왕 벌어진 건 할 수 없고 더 이상 우리야 손해볼 게 없지만, 그래도 이런 문제로 계속해서 시끄러워봐야 서로 좋을 건 없지."

"알겠습니다."

회의를 마치고 돌아나오는데 사장이 등에 대고 말했다.

"류성문 씨 연결 좀 해줘요."

류성문은 대학교수이자 문학평론가로 지우형의 출판사에서 곧 책이 출간될 필자였다. 지우형은 자리로 돌아와 류성문 교수의 집으로 전화를 넣었다. 사모님이 전화를 받았는데 지방에 세미나가 있어서 내려갔다고 핸드폰으로 연락을 취해보라고 일러주었다. 그러나 핸드폰 번호를 누르자 '죄송합니다. 연결이 되지 않고 있습니다'만 흘러나올 뿐이었다. 학교 연구실로 전화를 걸었지만 역시 마찬가지였다.

그는 인터폰으로 사장에게 류 교수가 세미나 관계로 지방 출타중임을 알렸다.

"세미나? 아, 용평에 간다고 했지."

사장이 혼잣말처럼 말했다.

"계속해서 연락은 취해보겠습니다."

"아니, 알았어. 중요한 건 아니니까."

"알겠습니다."

사장과 막 통화를 끝내고 수화기를 내려놓기 무섭게 다시 전화가 울렸다.

"편집장님, 전환데요."

"예, 몇 번이죠?"

"3번인데요……."

국선 번호를 막 누르려고 하는데 전화를 돌려준 김경아가 말했다.

"아침에 그 여자분인데요, 아까부터 계속 전화 와서 편집장님 회의 끝나시면 메모 좀 전달해 달라고 했었는데 다시 또 왔네요."

"……?"

지우형은 무의식적으로 손목의 시간을 살피고는 국선을 눌렀다.

"예, 지우형입니다."

"……."

전화기 속은 다시 주저하는 빛이 역력했다. 침묵은 잠깐 동안 이어졌다.

"죄송합니다. 바쁘실 텐데, 또 전화드렸어요. 아침에……."

"아, 예. 지금 어디시죠?"

지우형은 이제 조금 뜨악해져서 물었다. 아무튼 평범한 원고 투고자는 아닐 것이 분명했다.

"지금 회사 옆의 커피숍에 와 있거든요."

"알겠습니다. 지금 가죠. 그런데 제가 어떻게 알아보죠?"

"그냥 오시면 알 수 있을 것 같은데……."

"……?"

지우형은 수화기를 내려놓고 심호흡을 했다. 도대체 누구일까? 어쩐지 저쪽 편은 자신을 속속들이 잘 알고 있다는 느낌이 들어서 호기심도 일었다. 지우형은 서둘러 자리에서 일어났다.

류성문 교수

류성문은 요란한 새소리에 눈을 떴다. 침대 위였다. 유리문의 커튼을 투과하고 들어온 아침햇살이 침대 끄트머리로 긴 획을 긋고 있었다. 잠을 깨울 정도의 소리는 아니었지만 새소리가 요란했다. 서울에서는 결코 들을 수 없는 자연의 소리였다. 옆에는 한혜원이 누워 있었다. 허리선까지 속살을 드러내고 누운 혜원의 알몸에 그는 슬그머니 손을 뻗어보았다. 미끄러질 듯 매끄러운 살결에 손이 닿자 그는 다시 불끈 솟아오르는 욕정에 자신도 놀랐다.

"일어나셨어요?"

그녀가 고개를 돌리며 물었다.

"깼군?"

"깨우셨잖아요."

"그런가? 그럼 더 자구."

"그럴게요……."

비음 섞인 목소리로 말을 마치기 무섭게 혜원은 다시 눈을 감았다. 피곤하긴 할 거였다. 오전 강의만 있었던 어제, 그녀는 급하게 일이 생겼다며 만나기로 약속했던 오전 11시에서 무려 다섯 시간이 지나서야 그에게 핸드폰으로 연락을 해왔다.

오래전부터 계획된 여행이었고, 그렇게 시간을 내기가 쉽지 않은 그였기에 따로 미룰 수는 없다는 생각에 조금 무리해서 뒤늦게 서울을 떠났었다. 출판사 사장의 개인 콘도가 있는 이곳 용평에 도착했을 때는 밤 11시가 넘어 있었다. 이미 예약해 둔 콘도의 문을 따고 들어서자마자 둘은 격렬하게 서로를 탐했다. 그들은 욕탕 안에서 다시 서로의 육체를 탐욕스럽게 보듬었고 젖은 머리를 그대로 둔 채 술을 마셨다. 준비해 간 양주 한 병을 다 비우고 나서 둘은 또 섹스를 했고 잠이 들었다.

류성문은 뒤로 돌아누운 혜원의 드러난 어깨를 어루만지다 그녀를 돌려눕혀서 다시금 그녀 속으로 들어가고 싶은 욕구에 몸이 떨릴 정도였다. 그러나 그는 그런 욕정을 간신히 참았다. 혜원은 한때 자신이 시간강사로 나가던 대학에서 강의를 듣던 학생이었다. 그런데 이후 한혜원이 자신이 적을 둔 대학의 대학원으로, 그것도 바로 직속의 원생으로 입학해 들어와서 이어진 인연이었다. 류성문이 그녀를 다시 만났을 때, 내색은 안 했지만 사실 많이 놀라고 반가웠다. 자신은 이미 결혼을 해서 아이까지 있는 유부남이었지만, 그 느낌은 단지 자신이 가르치던 학생으로서의 감정이라기는 뭐했다. 한혜원은 자신이 강의를 하던 그 시간 학부생들 속에서 단연 눈에 띄는 미모를 갖추고 있기도 했지만, 그만큼 능력도 뛰어난 학생이었던 것이다. 그런데 그런 그의 마음을 읽기라도 한 듯 그녀는 다른 교수들에게 보다 남다른 애정을 표해오곤 했는데, 결국 첫 학기 중간 발표가 있었고 늦게까지 동료 교수 학생들과 함께 술을 마셨던 그날 마지막까지 함께 남게 되었을 때 대취한 상태로 그녀가 기거하는 원룸까지 동행하게 되었고 그날 밤을 그녀와 함께 보내게 되었던 것이다.

류성문은 혜원을 처음 품던 날 밤을 생각하다 다시금 불끈 솟아오르는 아랫도리에 얼굴을 붉히며 후다닥 몸을 일으켰다.

이불 속에 구겨져 있는 속옷을 찾아 입고 서서 유리문의 커튼을 젖히자 저 멀리 골프장이 한눈에 들어왔다. 라운딩을 하고 있는 서너 명의 사람들이 눈에 들어왔다.

문을 닫고 돌아보자 혜원은 찬바람을 느꼈던지 어느새 침대보를 목까지 끌어올리고 자고 있었다. 아름답기도 했지만 그보다는 따뜻한 여자였다. 아내에게서 이제는 느낄 수 없는 부드러움을 그녀의 알몸은 지니고 있었다. 뒤늦게 섹스가 이렇게 따뜻하고 아늑할 수 있다는 것을 그는 그녀를 통해 다시금 알게 되었다. 그는 한혜원이라는 여자에 대해 생각하다 한때의 기억을 떠올리곤 미소지었다.

강의시간에 한번은 학생들 창작품을 발표하게 한 적이 있었다. 강요된 것은 아니었고 전적으로 본인의 의사에 맡겨진 것이었다. 그때 한혜원이 시 한 편을 발표했다. 물론 류성문이 보기에 그건 습작 수준에 불과했다. 발표 후 평가하는 시간을 가졌는데, 류성문은 시적 언어의 중요성과 시적 감정의 긴장감에 대해 이야기하면서 에둘러서 아직은 학생의 시는 좀 더 훈련이 필요하다고 말해주었다. 그러고는 잊고 있었는데, 다음 강의시간에 한혜원이 시 몇 편을 더 내밀었다. 모두가 나가버린 텅 빈 강의실에서 류성문은 한혜원의 시를 읽었다. 다른 학생이었다고 해도 그렇게 했을 것이라고 확신할 수는 없지만, 그녀에 대해 다른 감정을 지니고 있는 류성문으로서는 그 시간을 기꺼이 즐겼다. 한혜원은 그가 시를 읽을 동안 자리를 지키고 앉아 기다렸다. 류성문이 보기에 시는 역시 특별할 게 없었다. 류성문은 조금 난감했지만 좋은 말로 '그럼 열심히 해보라'는 선에서 자리를 무마하지 못하고, '내가 보기에 학생은 시에 별로 재능이 없는 것 같아'라고 말을 하고야 말았다. 한혜원은 얼굴을 붉히며 별다른 대꾸 없이 강의실을 빠져나갔는데, 얼마 후 장문의 편지를 보내왔다. 그때쯤 류성문은 그냥 좋은 말로 자리를 무마할 걸 그랬나 하는 후회를 하고 있던 중이었다. 한혜원이 보내온 일반 편지지 네 장을 빼곡히 채운 글의 요지는, 누가 뭐라 그래도 자신은 시를 쓸 것이며, 시인으로서 성공할 것이라고 적고 있었다. 그녀는 '복수'라는 표현도 쓰고 있었는데 보란 듯이 시인으로 성공하겠다는 것이었다. 물론 그 편지가 잔뜩 술에 취해 써서, 행여 아침에 깨어나면 부치지 못할까 싶어 그 밤에 우체통에 넣어버려서 보내진 편지라는 것을 나중에야 알게 되었지만, 아무튼 한혜원은 그런 여자였다. 한혜원은 어찌되었건 한 잡지를 통해 등단을 해서 엄연한 시인의 직함을 가지고 있었다. 그러나 이제 시인의 자리가 싫증이 난 건지, 자신의 능력을 새롭게 인식한 탓인지 이제는 시가 아닌 소설을 쓰고 있었다.

류성문은 리조트 내 호텔에 있는 사우나를 찾아갈까 하다가 그냥 욕실로 들어갔다. 옷을 벗고 샤워기 밑에 서서 물을 틀었다. 적당히 조절된 온수가 온몸을 훑으며 흘러내렸다. 온몸의 세포가 긴장을 풀고 풀어헤쳐지는 듯했다. 그러나 한 군데, 그도 모르는 사이 그의 중심은 오히려 바짝 긴장해서 무섭게 발기하기 시작했다. 그는 애써 다른 생각을 떠올리기 위해 노력했다.

최근 한 유망한 소설가가 발표한 소설이 음란물 시비를 일으키면서 문단 내에서 그에 대한 찬반론이 일고 있었다. 류성문을 찾아온 사내는 그 책을 펴낸 출판사의 편집장이라고 자신을 소개했다. 신 뭐라고 했지만 지금까지 이름을 기억하고 있지는 않다. 신이라는 친구는 자신도 얼마 전 생긴 잡지에 평론으로 등단을 해 비평 활동도 하고 있다고 덧붙였다. 신은 형식적인 인사말이 끝나자 A4용지 몇 장의 문건 하나를 그 앞으로 내밀며 말했다.

"내용은 이미 잘 아시겠지만, 예술의 표현의 자유를 침해하려는 행위에 맞서 싸우기 위해 여러 작가 선생님들의 서명을 받고 있습니다. 얼마 후 있을 재판에 참고자료로 제출할 예정입니다."

그러면서 신은 짧지 않게 보충설명을 했다. 이미 문단에서 충분히 작가적 자질을 인정받은 작가가 쓴 소설이 현재 미풍양속을 해치는 음란표현물로 제소를 받고 있다, 창작 활동의 현장에 있는 작가들이 합심해서 예술을 법으로 묶어두려는 세력과 싸워야 한다, 포스트모던한 시대를 살고 있는 우리가 이런 정도의 성적 표현을 두고 제재 운운한다면 이 땅의 문화적 수준의 척도가 의심스러운 게 아니냐, 이제는 고리타분한 제도의 관습을 타파해야 한다. 그는 그런 내용을 주저리주저리 뱉어냈었다. 그렇게 말하는 신은 자신이 하는 일에 꽤 자부심을 가지고 있어서 행동은 당당했고 어조엔 힘이 실려 있었다.

류성문은 그가 말하는 법정투쟁이니, 포스트모더니즘의 시대니 하는 표현들이 우선 거슬렸지만 내색을 하지는 않았다.

"신 선생이라 그러셨죠? 신 선생이 하는 말은 무슨 소린지는 잘 알겠습니다. 그 소설이 문제 되고 있다는 것은 이미 신문지상을 통해서 잘 알고 있습니다. 그렇지만 미안하게도 내가 아직 그 작품을 읽지를 못했어요. 뜻은 충분히 이해하지만 나로서는 지금 이 자리에서 서명을 해드릴 수는 없겠네요."

류성문의 그런 반응을 전혀 예상하지 못했던지 그의 얼굴이 붉어졌다. 모르긴 해도 그런 요청을 그 자리에서 거절당하기는 처음인 듯했다. 그는 잠시 생각하는 눈치더니 다시 화색을 띠고는 말했다.

"그러시겠죠. 당연히 내용을 읽어보지 않으셨을 테니까. 제가 너무 무례했다는 생각이 드는군요. 저는 당연히 선생님께서 이미 작품을 읽어보셨으리라고 생각했습니다. 선생님께서는 모두가 인정하듯 대단히 합리적인 분이시고, 언젠가 이분의 글을 두고 좋은 평도 써주신 게 있어 인상 깊게 읽은 적이 있고 해서 지레짐작을 했던 것 같습니다. 죄송합니다."

신의 말대로 류성문은 그의 작품들에 대해 긍정적인 평가를 내려준 적이 있었다. 공식적인 지면을 빌려 그의 작품세계를 옹호한 것은 류성문 자신이 처음 비평계에 발을 디디고 나서 얼마 후였다. 당시는 난폭할 정도로 이념의 쌍두마차에 끌려가던 시대였다. 젊은 작가라고 하면 거의 대부분이 마르크스주의에 경도되어 있었고, 그들에게 있어 문학은 곧 리얼리즘만으로만 받아들여지던 시대였다. 보수주의니 귀족주의니 교조주의니, 무슨무슨 주의자는 왜 그렇게 많았던지. 그런 와중에도 그의 작품 속에서는 결코 어느 한쪽으로 경도된 이념의 그림자를 찾아보기 힘들었다. 류성문은 그때 작가의 그런 점이 눈에 들어 좋은 평을 써준 적은 있었지만 그건 당시에만 가졌던 생각이었다.

류성문은 그때까지도 사내의 다소 무례한 방문을 그럴 수도 있겠거니 했다. 어쨌거나 류성문은 그것이 어떤 작품이라 해도, 그것이 문학이라면 법적인 잣대로 재단한다는 사실만큼은 받아들일 수 없었다. 그에 대한 판단은 어디까지나 독자들의 몫이었다. 그러므로 그 작품이 기존의 도덕적 관념에 정면으로 배치되는 작품이라고 해도 서명을 못해줄 건 없었다.

류성문은 같은 문인으로서 그저 눈 꾹 감고 사내의 부탁을 못들어줄 것도 없었다. 그러나 부화뇌동해서 신뢰하지도 않는 어린 작가의 들러리를 서주는 것 같아 자존심도 상했다. 그러나 찾아온 사내는 눈치없이 재촉했다.

“그런데 선생님, 저희가 시간이 없거든요. 제가 대충의 내용을 설명해 드리는 것으로 양해를 해주시면 안 되겠습니까?”

류성문은 어처구니가 없어 말을 잃고 잠시 신을 바라보았다.

“사실 이 소설이 조금 야하기는 하지만 이분의 다른 작품들을 선생님께서도 읽어보셨을 테니까, 그리 큰 문제는 없으리라 생각하는데…….”

류성문은 더 이상 사내와 마주하고 싶지 않아 조금 정색을 하고 말했다.

"문제가 있고 없고는 제가 판단하지요. 얘기 끝났으면 그만 일어서죠. 저도 수업이 있고 해서."

신은 붉어진 얼굴로 류성문을 잠시 바라보다가는 서명지를 챙겨넣었다.

— 작가들은, 특히 소설가들은 가끔 이해하기 힘들 때가 있어.

— 비평가가 그런 말을 하면 어떡해요?

— 비평가는 작품을 분석하는 사람이지 작가를 이해하려는 사람들이 아냐. 물론 경우에 따라서는 예외인 경우도 있지만. 도대체 혜원인 왜 소설이 쓰고 싶은 거지? 성공하고 싶어서? 혜원이 작품이 사람들에게 읽혀지면 정말 기분이 좋은가?

— 프로스트가 그랬다잖아요. 선생님께서는 도대체 왜 글을 쓰시냐고 묻는 학생에게, 그밖의 다른 일에서는 그만한 만족을 얻지 못하기 때문이라고요.

— 정말 그래? 그것밖에 없어? 그래서 쓰나?

— 쿨하잖아요. 남의 눈치 안 보고 자기 하고 싶은 일 하고 싶을 때 하면서 이름도 얻고 운 좋으면 돈도 많이 벌고.

— 쿨하다? 하고 싶을 때 한다? 포크너는 생계를 꾸려나가기 위해 할 수 없이 썼고, 스탕달과 모옴은 처음에 여성의 눈길을

끌기 위해 쓰기 시작했어. 그런데 후에 사람들은 그들의 글을 두고 정신과 정신 간의 문제를 잇는 가교라고도 하고, 무슨무슨 문학의 전범이라고도 하지. 아, 헨리 밀러는 쓰는 일은 강제적이면서도 즐겁다면서, 쓰는 것 자체가 보상이라고도 했지.

—쓰는 것 자체가 보상이라? 그 말이 마음에 드네요. 그런데 선생님, 문학과 포르노를 가르는 기준이 과연 존재할까요?

—글쎄…….

—그런데 왜 선생님은 서명지에 사인을 하지 않은 거죠?

—누가 뭐래도 문학은…… 그 나름으로 사회적 역할을 하고 있는 거야. 아무리 그것이 예술의 이름을 빌려온다고 해도 기본적으로 건전한 사회의 통념을 넘어서 버리면 곤란한 거지…….

—건전한 사회적 통념이라고요?

—뭐랄까, 공동체를 지켜가기 위한 도덕률 같은 것이라고 할까?

—정말 고등학교 선생님 같은 소릴 하시네. 선생님은 지금 그 도덕률을 어기고 있다는 사실은 어떻게 설명하실래요?

—…….

—농담이에요, 심각해지시긴. 그런데 이런 경우는 이번이 처음이 아니죠?

—그래. 몇 해 전에도 대학교수가 자신이 쓴 소설이 문제 되

어서 결국 실형을 선고받고 교수직까지 박탈당한 일이 있었잖아.

—그때는 어땠나요?

—그때 역시 문단에서는 이번과 비슷하게 문인들로부터 당국에 보낼 항의 서한의 서명을 받곤 했었어. 그때 같은 동료들이 서명지를 내밀면서 우스갯소리로 하던 말이 뭐였는지 아니?

—뭐랬는데요?

—우리가 남이가.

—호호.

떨어지는 온수 밑에서 얼마를 서 있었던 것일까. 똑똑 욕실의 문을 두드리는 소리에 퍼뜩 정신이 들었다.

"선생님, 괜찮으세요?"

한혜원이었다.

"무슨 샤워를 그렇게 오래 하세요?"

류성문은 수도꼭지를 잠그고는 한쪽 선반에 가지런히 개켜 있는 흰 타월들 중에서 가장 두툼한 목욕타월을 꺼내 몸을 닦았다. 그는 타월을 두른 채 욕실을 나섰다.

김진현 기자

점심 무렵 김진현이 사무실 문을 밀고 들어섰다. 언제나 물 낡은 점퍼 차림인 그의 복장이 여느 때와 달리 정장 차림이었다. 세진의 눈엔 익숙지 않은 모습이었다.

"웬일이야?"

거기엔 이 시간에 웬일이냐는 물음과 그 행색이 웬일이냐는 물음이 동시에 담겨 있었다. 자신이 쓰는 날카로운 분석적 글에 반해 마음씨 좋은 동네 아저씨 같은 외모를 한 그는 언제나 민완형사 같은 차림이었는데 오늘은 넥타이까지 갖추고 있었던 것이다.

"지나는 길에 그냥 들렀어."

그의 잡지사 사무실도 인근에 있었다. 세진의 눈빛을 의식했던지 그가 말을 이었다.

"오늘 상 받았거든."

"상? 무슨 상?"

"잡지협회에서 주는 기자상이라나 뭐라나."

"그래? 축하하네. 왜 진작 말하지그랬어. 꽃다발이라도 하나 사서 갔을 거 아냐."

"쑥스럽게 왜 그래. 이게 어디 날 보고 준 거겠어? 우리 잡지에 준 거지."

"그게 그거지. 하여간 김 기자 융통성하구는…… 상금도 많이 받았어?"

"글쎄 말야. 그래서 거부 안 하고 간 건데. 쩐이 없대네. 금메달 하나 주더라."

"노벨상 수상한 청와대에서도 전화가 없어서 섭섭했는데 김 기자도 아무 말 않고 가서 기자상 받아오고 말야."

정세진의 농담에 둘은 웃었다.

세진이 종이컵에 일회용 커피를 타서 내왔다. 둘은 탁자를 사이에 두고 소파에 마주 앉았다.

"이번 호 잡지는 봤어?"

"아니, 오늘쯤 오겠지. 뭐 읽을 만한 기사는 있어?"

"사실은…… 특종이 있어."

"특종?"

"그래. 아마 이번 호가 나가면 반향이 좀 클걸!"

"뭔데 이리 뜸을 들이시나?"

"이회창 대표 말야."

"이회창? 한나라당 대표?"

"그래, 그분이 기자들한테 협박을 했다는구만."

"협박? 자네 같은 기자들이 하도 깐죽대니까 한마디 한 모양이지."

"창자를 뽑아버리겠다, 씨를 말려버리겠다고 했대."

"뭐? 설마……?"

"놀랍겠지만 사실인가 봐. 증언도 확보했구."

"허참, 경위야 어떻든, 그분 타격이 크겠네."

"좀 더 지켜봐야지. 저녁때 상 받았다고 축하주 내라는데 같이 한잔할까?"

"아니, 오늘 나 약속 있어. 학교에 좀 들어가야 될 거 같아."

"학교?"

"응. 내가 졸업한 대학. 거기 교수 한 분이 출판 문제로 좀 만났으면 해서."

김 기자가 고개를 끄덕이다 무슨 생각이 났는지 불쑥 물었다.

"그러고 보니 물어볼 말이 있었네."

"……?"

"문학평론 하는 김윤식 교수 말야."

김진현의 뜬금없는 물음에 정세진은 얼핏 오늘 신문에서 본

안경 속에 가려진 김 교수의 예의 빛나는 눈빛을 떠올렸다.

"그래서?"

"그분 표절건 혹시 들어본 적 없어?"

"글쎄? 그런 이야기가 있어? 김윤식 교수면 한국 문학계에서 대통령 같은 사람 아냐? 그 사람이 이룬 학문적 성과는 가히 추종을 불허하잖아. 오늘 신문에도 문화면 톱이더만. 저서가 백 권에 이르렀다며, 감히 범접하기 힘든 봉우리라고."

"그래. 근데 그 사람이 일본 평론가 누군가의 논문을 표절했다는 얘기가 있대."

"설마, 그게 사실이라면 지금까지 언론이 가만있었겠어? 시체가 없으면 죽여서라도 뜯어먹어야 직성이 풀리는 하이에나 같은 우리 언론이."

"그렇긴 한데, 이전부터 그런 소문이 있긴 했거든. 그런데 이번에 믿을 만한 사람한테 그 이야길 다시 듣게 돼서."

"누군데?"

"누구라고까지 말할 순 없고, 그곳 출신 교수야."

"글쎄, 그렇다고 해도 논리적으로 잘 이해가 안 되는데? 사안의 중대성에 비추어봐서 만약 그런 문건이 존재한다면 그게 드러나지 않을 이유가 하등 없잖아. 그게 누구건 정말 설득력 있다면 학문적 성과까지 평가받게 될 텐데. 일부러 숨길 리는 없구."

"근데 소문이 아주 구체적이거든. 그 논문으로 그 대학 교수들 사이에 갈등이 빚어지기도 했다는 거야. 다시 말해서 지금까지 김윤식 교수의 그늘에 가려져 있던 축에서 슬금슬금 정보를 흘리고 있다는 거야."

"재미있네. 학문적 경쟁자에 대한 시기심까지 발동한 셈인가? 그러니까 더욱 이상하잖아. 그럼 그들이 나서서라도 그 문건을 문제 삼으면 되는 거 아냐? 아마 그런 문건이 존재할 수도 있겠지. 김윤식 교수라면 워낙 다방면에 손을 댄 사람이니 그러한 과정에서 드러난 오류를 지적하자면 얼마든지 있을 수 있는 것 아닐까? 그렇다 보니 소문에 비해 표절 내용이라는 것도 별로 문제 삼을 만한 것이 못 되니까 수면 아래로 잠복했을 가능성도 크고."

김 기자가 고개를 끄덕이며 잠시 무슨 생각인가를 하는 듯했다.

"그렇겠지…… 가봐야겠다."

둘은 다음을 기약하고 자리에서 일어났다. 세진이 문 앞까지 김 기자를 배웅했다.

"꽃다발 대신 다음에 축하주를 살게."

리라이터

여자의 말대로 그녀를 찾기는 어렵지 않았다. 그리 넓지 않은 커피숍의 유리문을 밀치고 들어가자 통로로 난 테이블에 자리를 잡고 앉아 있던 여자가 일어서는 것이 보였다. 예닐곱 걸음 거리에서 표정만으로 아는 체를 하는 여자가 그러나 지우형에겐 도무지 낯선 얼굴이었다. 그가 다가가자 여자가 선 채로 인사를 했다.

"죄송합니다. 바쁘실 텐데 나오시라고까지 해서."

"아니 괜찮습니다. 앉으시죠."

여자는 30대 중반쯤으로 보였다. 입고 있는 원색의 원피스는 어쩐지 진지한 얼굴에 비해 가벼워 보였다. 어깨와 가슴 부위에 매달린 꽃 모양 술 때문에 더욱 그런 느낌을 주는 건지도 몰랐다. 결코 눈에 띄지 않는 평범한 얼굴에 전체적으로 곱게 나이를 먹은 인상은 아니었다.

"죄송합니다. 회의가 길어져서 그만."

"아니에요. 오히려 죄송해요."

"별말씀을요. 그런데……?"

지우형은 눈치껏 여자의 앞과 옆을 살폈는데, 원고뭉치 같은 것은 보이지 않았다.

"실은…… 서이명 씨 아시죠?"

"……?"

"저는 그분 안사람 되는 사람입니다."

"……."

그제서야 지우형은 돌아가는 상황을 대충 이해할 수 있을 것 같았다. 그렇다고 모든 의문이 가신 것은 아니었다.

"그랬군요. 안녕하세요. 말씀 많이 들었습니다."

지우형은 다시 인사를 챙겼다. 서이명 씨는 언젠가 그의 출판사 일을 도와준 적이 있는 작가였다. 한 유명 작가의 소설을 리라이팅해 주는 일이었는데, 그 일로 몇 번 만나 술자리도 함께했었다. 그가 리라이팅한 그 소설은 출판사의 마케팅까지 가세되어 일약 베스트셀러가 되었고 그 소설의 저자를 국회의원으로 만드는 데 결정적인 영향까지 미쳤다. 그러나 정작 그 작품의 절반 이상을 쓰고 다듬은 서이명 씨는 약간의 대필료를 받아간 것이 전부였다. 그때의 인연으로 몇 번 함께한 술자리에서 서이명 씨는 함께 글을 썼었던 아내 얘기를 한 적이 있었다.

"애 아빠가 편집장님 말씀을 많이 하셔서 상상은 했었는데, 그대로인 것 같아요. 이미 만난 적이 있는, 알고 있는 분 같았어요. 처음 들어서시는데……."

"그런가요?"

그러는 사이 커피가 날라져 왔고 그녀는 말없이 잔 속에 설탕을 넣고 티스푼을 저었다. 여자 역시 마찬가지였다.

지우형은 무슨 일 때문이냐고 묻기가 어려워 여자의 입이 열리기를 기다리고 있었다. 마침내 여자가 말했다.

"이렇게 불쑥 찾아와서 놀라셨을 텐데. 저, 애 아빠 작품에 대해 어떻게 생각하는지 궁금해서…… 그래요, 솔직하게 말씀해 주실 수 있을지 하고요."

지우형은 여자의 물음에 입으로 가져가던 찻잔을 내려놓았다. 난감했다. 어느 날 졸지에 작가 본인도 아닌 그 아내라는 사람이 일면식도 없는 출판사의 관계자를 찾아와 남편의 작품에 대해 물어오고 있는 것이다. 지우형은 난생처음인 이 상황에 어떻게 반응해야 할지 몰라서 내려놓았던 커피잔을 들어 한 모금을 마시면서 잠깐 생각을 정리했다.

소설의 리라이팅을 끝내고 그 소설이 폭발적인 베스트셀러가 된 이후 서이명 씨는 지우형을 불러내 원고를 하나 맡겼다. 지우형은 나름대로 흥미롭게 읽었고 충분히 출판이 가능하다고 여겨 사장에게 보고했다. 그러나 사장의 생각은 달랐다. 원고를 읽어보기도 전에 이미 우려감부터 표했다.

—등단도 안 했고, 특별한 사회적 이슈를 담고 있지도 못한 것 같은데, 너무 위험해. 아무튼 확실한 명분이 없으면 곤란해. 돌려주라고.

박 의원의 소설 작업을 하면서 든 정도 있고 해서 지우형은 사장의 뜻을 냉정하게 전달하지도 못하고 차일피일 미루고 있는데 서이명 씨가 다시 전화를 걸어왔다. 그날 저녁 서이명 씨를 만나고 온 뒤 지우형은 그의 어려운 사정을 전해듣고, 사장에게 부탁해 우선 선인세 3백만 원으로 출판계약을 맺어둔 상태였다. 이후 사장으로부터는 별다른 지시가 없어서 지우형도 손을 놓고 있는 상태였다.

지우형은 짐짓 모른 체하며 다시 물었다.

"무슨 말씀이신지?"

"남편의 작품이 정말 가능성이 있는 것인지, 정말 성공할 수 있는 것인지 궁금해서요."

여자는 진지했다. 지우형은 새어나오는 한숨을 간신히 삼키며, 하는 수 없이 자신이 기억하고 있는 그 작품을 떠올리며 긍정적인 대답을 해주려 노력했다.

"신인 작가의 작품으로서는 꽤 가능성이 있다고 생각했습니다. 그래서 계약도 한 거구요. 상업적으로는 이렇다 할 성공을 거두지 못하더라도 그만큼의 가치는 있다고 생각합니다. 물론 서 선생님은 앞으로도 이보다 더 좋은 기회가 충분히 있을 거라고 생각하고요."

그건 진심이었다.

"고맙습니다."

여자의 표정이 환하게 펴졌다.

"그럼 애 아빠의 책은 언제쯤 출간하게 되나요?"

"……?"

지우형은 난감해지지 않을 수 없었다. 솔직히 잊고 지내던 원고였으므로 할 말이 없었다. 그때 힘들더라도 그냥 끝까지 거부했어야 하는데, 사정을 봐준다고 계약을 맺은 게 오히려 작가에게 해가 된 것일 수 있었다. 계약까지는 어떻게 해보았지만 출판까지는 혼자 생각만으로 쉽지 않은 측면이 있었다.

"……혹시, 서 선생님도 사모님이 여기 오신 걸 알고 계시나요?"

그의 물음에 여자가 당황하며 고개를 저었다.

"그럴 리가요. 아니에요. 실은…… 애 아빠가 위험해요. 그래서 염치 불구하고 이렇게 찾아왔어요."

"무슨…… 말씀이신지?"

"애 아빤 직장생활은 못하겠다고 벌였던 사업도 그나마 실패하고 많은 빚에 쪼들리고 지냈어요. 살고 있던 집까지 다 넘기고 간신히 방 한 칸 얻어 지내면서 글을 썼어요. 소설을 쓰는 일은 애 아빠의 오래전부터의 꿈이었으니까……."

여자의 목소리엔 간신히 울음을 참고 있는, 자존심을 포기한 참담함이 담겨 있었다.

"세상은 참 불공평해요. 그 사람이 쓰고 다른 사람의 이름으로 출판된 책은 베스트셀러가 돼서 세상 사람들 입에 오르내리는데 정작 남편의 이름으로 나온 책은 세상에 없으니까요."

지우형은 여자의 말에 놀라 물었다.

"그건 무슨 소린지?"

실상 박 의원의 소설 리라이팅 작업은 지우형과 서이명 씨, 그리고 사장과 박 의원 말고는 누구도 모르는 일이었다. 서이명 씨의 작업 합류는 그 네 명 외에는 세상 누구에게도 알리지 않겠다는 약조 아래 시작된 일이었다. 물론 그것이 아내에게까지 지켜지리라고 기대하는 건 무리였지만.

여자가 계속해서 말했다.

"며칠 전 우연히 TV를 보는데 지금 국회의원이 되어 있는 박상훈 씨가 나오더군요. 의원사무실에서 인터뷰를 하는데, 국회의원이 되시기 전에도 방송활동 하시랴, 소설 쓰시랴 바쁘셨을 텐데 언제 이렇게 방대한 양의 삼국지까지 번역해 출판을 하셨느냐고 묻는데, 실상 그건 제 남편이 대학시절부터 틈틈이 해온 작업이었거든요. 그걸 출간한 출판사에서 필자의 이름이 필요하다며 번역료를 주고 사면 어떻겠느냐고 제의해 와 별뜻 없이 넘겨주었던 것이죠. 그런데 그날 그 의원님이 하시는 말씀을 들으니까 울컥 울분이 터져서, 저도 모르게……."

"뭐라셨는데요?"

"자기 첫아들 돌잔치 때 아이와 약속을 했다는 거예요. 세상에는 삼국지라는 책이 있는데, 천하의 영웅호걸들이 등장해서 세상살이의 이치를 일깨워주는, 지혜와 용기가 담겨 있는 명저로 사내라면 반드시 한번은 읽어보아야 할 만한 책이라서, 아들에게 반드시 자신이 완역한 삼국지를 읽게 해주겠노라고 약속을 했다는 거예요. 이제야 아들과의 그 약속을 지켰다는 거지요."

이야기를 듣는 지우형의 얼굴도 화끈 달아올랐다.

"그분이 책상 위의 원고지를 가리키며 그러더군요. 자기는 하루라도 저기에 글을 안 쓰면 가슴이 답답하고 뭔가 큰 일을 미루어둔 것같이 께름칙해서 견딜 수 없다고, 그래서 하루 10매 이상은 꼭 쓴다는 거예요."

지우형은 할 말을 잃었다. 여자도 뒷전에서 남 흉을 보았다는 자괴감 때문인지 잠깐 동안 침묵했다. 차림새와 달리 진지해 보이던 처음의 인상처럼 여자의 말에는 적절한 어휘력과 논리가 느껴졌다. 잠자코 듣고 있던 지우형이 말했다.

"이런 말 하긴 죄송하지만 만약 서 선생님의 원고가 정말 뛰어나서 책을 내게 된다고 하더라도 상업적으로까지 성공할 가능성은 아주 미미합니다. 오히려 그 반대인 경우가 많죠. 책을 내는 작가들이 다 생활의 안정을 찾는 것도 아니고요. 더군다나 신인 작가분들에게 첫술에 상업적인 성공까지 기대하는 건 기적 같은 일입니다. 만약 책을 내면 누구나 베스트셀러 작가가 되고 어느 정도 돈을 손에 쥐게 되리라고 생각하신다면 지금이라도 그런 생각을 지워버리시는 게 좋습니다. 책을 낸다는 것은 그런 의미가 아니거든요. 결코."

"그건 저희도 잘 알고 있어요. 남편은 당장 빚쟁이들 손을 벗어나 원양어선이라도 타겠다고 해요. 언제나 의연했던 사람이었는데. 고깃배를 탄다는 조건으로 받게 될 그 돈으로 우선 눈앞의 빚가림이라도 하면 저와 애가 고통을 받지 않을 거라는 거죠. 그 사람 여린 구석이 있어서, 그럴 리는 없겠지만…… 만약 그렇게 되어버리면 저희는…… 전 남편의 능력을 믿거든요. 언젠가 반드시 글로써 인정받을 수 있을 거라고 전 정말 믿거든요. 제 바람은 하루라도 빨리 새로운 책이라도 나온다면 그것을 가지고 빚쟁이들에게 조금만 더 참아달라고 사정이라도 해볼 수 있겠다는 거예요. 남편에게 희망을 안겨줄 수 있기도 하겠구요. 부끄러운 말씀이지만 지금 제가 보험일을 하고 있고, 얼마 안 있어 적금을 타는 게 있어 그때까지만이라도 견딜 수 있다면 또 무슨 궁리를 내볼 수 있겠다 싶어서 드리는 말씀입니다."

지우형은 할 말이 없었다. 자신들의 가정사까지 숨김없이 털어놓는 여자에게 더 이상 어떠한 설명도 받아들여질 것 같지 않았다. 서이명 씨의 선한 얼굴도 떠올랐는데, 그 침울했던 얼굴이 눈에 밟혔다.

"사정은 잘 알겠습니다. 그러나 저도 일개 직원에 불과합니다. 지금으로선 뭐라 드릴 말씀이 없군요……."

여자가 고개를 떨구고 자신의 두 손을 만지작거리고 있었다. 지우형은 할 수 없이 말했다.

"최선을 다해보겠습니다."

지우형은 큰 기대는 하지 말라는 말이 입술 위에까지 올라왔지만 간신히 참아넘겼다.

"고맙습니다."

여자가 손가방에서 손수건을 꺼내 눈물을 훔쳤다.

대학

세진은 인서와의 술자리를 생각해 대중교통을 이용해 학교로 왔다. 버스에서 내려 걸어들어오는 교정은 많이 변해 있었다. 기억 속의 옛 모습과는 많이 달랐다. 강의실보다는 잔디밭과 공터가 많았던 교정의 옛 모습은 거의 남아 있지 않았다. 세진은 이제 아스팔트가 깔린 중앙로를 버려두고 미술대학 건물이 있던 곁길로 접어들었다. 소운동장까지 이어져 있었던, 학창시절 그가 주로 오가던 길이었다. 당시에는 미술대 건물 앞 잔디밭이 언제나 휑하니 비어 있어서, 그 한가로움이 좋아서 이 길을 다녔었는데, 이제 그 여백은 존재하지 않았다. 소운동장 자리에는 새로운 학사가 들어서 있었고, 비어 있던 잔디밭 위에는 조각품과 설치미술품 들이 빼곡히 들어서 있었다.

문리대 건물을 찾아가던 세진의 걸음이 어느 순간 멈추었다. 낯익은 등나무 덩굴 속 벤치들에 삼삼오오 모여 앉은 학생들의 웃음소리 속에서 세진은 문득 수경을 떠올렸다. 김수경. 잊고 있던 그 이름이 빠르게 뇌리를 스쳐가면서 한때의 기억이 그의 눈앞에 그려졌다.

지독하게 더웠던 여름도 저물어가고 있었다. 그 달의 모임이 끝나고, 교정 한구석 등나무 덩굴 아래서 바닷소리 같은 매미 울음을 듣고 있던 수경이 불현듯 말했다.

—우리 한동안 모임 좀 쉬는 게 어때요?

수경의 급작스러운 제안에 세진과 인서는 서로를 돌아봤다. 그러고 보니 수경에게는 교정에서 보낼 마지막 가을이 다가오고 있었다. 그즈음의 그녀는 석사학위논문 준비에 시달리고 있었던 것이다. 모두는 잠시 침묵했다. 세진은 이웃해 있는 백양나무 둥치로 눈길을 옮겼고 그 빛나던 잎새들 틈 사이로 열려진 하늘을 보았다.

그리하여 마침내 그 문학모임의 선임자였던 세진은 수경의 제안을 받아들여 6개월간의 유예기간을 갖기로 했다. 한동안 유예기간을 갖자고는 했지만, 실상 마지막이랄 수 있는 모임의 산회를 선언한 그날 셋은 자연스럽게 교문 앞 고향집에 자리를 잡고 앉았고, 조금 이른 시간의 술자리를 시작했다. 그날의 술자리는 그 어느 때보다 흔쾌했다. 고향집의 퇴락한 목조탁자 위에서 세진의 간양록이 피를 토하고 수경의 사랑가가 눈물을 뿌려댔다. 인서의 낙엽 따라 가버린 사랑이 주위의 열화와 같은 앙코르를 받은 것은 언제나 외상술이 가능했던 지하 생맥줏집에서였다. 마지막으로 찾은 곳이 철로변 포장마차였던가? 잔을 치켜들며 '끌러! 끌러!!'를 외쳤고 수경은 'C컵! C컵!!'으로 화답하며 잔을 부딪쳤다. 수경의 가슴은 정말로 그렇게 컸던 걸까? 그러곤…… 뒤늦게 비가 뿌렸던 것 같다. 어깨동무를 하고 발밑을 오가는 전철의 굉음을 느끼며 구름다리를 건넜고, 토악질을 해대는 수경의 등을 두드려주던 곳은 육교 밑 어둠 속이었다. 그리고 얼마가 지나서야 서로는 서로의 생사를 확인했다. 대개가 전화선을 사용해서였다. 그렇게 선언했던 유예기간은 기약없이 흘러갔고 그 선고를 끝으로 그 모임은 아직까지 열리지 않고 있었다.

학생회관 후문을 나서자 거기 여전히 문리대 건물이 우두커니 서 있었다. 어렵지 않게 국문학과 사무실을 찾은 정세진은 노크를 하고 문을 열었다. 저쪽 책꽂이 뒤쪽에서 인서가 고개를 내밀었다.

"오셨어요?"

세진은 손을 내밀어 악수를 청하고 사무실을 휘둘러보았다.

"완전히 요새구나."

사무실은 한정된 공간에 비치해 둔 많은 책들로 인해 간신히 책상 둘이 놓일 수 있었다. 인서의 자리는 더군다나 시선을 차단하기 위해 앞쪽에 책꽂이들을 세워 더욱 비좁아 보였다.

"좀 그렇죠?"

인서의 말에 세진이 웃으며 받았다.

"여전하구나?"

'좀 그렇죠'라는 인서의 말습관. 기분이 좋아 보여서 좋아 보인다고 해도 '좀 그렇죠'고 나빠 보여서 그래 보인다 그래도 '좀 그렇죠'다. 어투에서 풍기는 우유부단함 때문에 가끔 오해를 받기도 하지만 실상은 결코 그렇지 않다는 것을 세진은 잘 알고 있었다.

"작업중이었니?"

모니터에 떠 있는 자막들을 힐끔 보곤 세진이 물었다.

"지방에서 나오는 문예잡진데, 시간이 없어서 몇 번 거절했다가 결국 쓰게 됐어요. 마감을 넘겼거든요."

"바쁘겠다. 글 쓰랴, 업무 보랴, 교수님들 챙기랴."

"좀 그렇죠."

전화벨이 울려서 인서가 수화기를 집어들었다.

저쪽에서 무얼 묻는지 '아니요, 서요 동서남북 할 때 서요. 네. 네? 글쎄요……' 하고 답변하고 있었다.

통화가 끊긴 뒤 그 내용이 독특해서 세진이 물었다.

"누구? 무슨 전화야?"

"행정학과 교수라는데 '으로서'와 '으로써'를 쓸 때 어떤 게 맞네요."

쓴웃음을 지으며 인서가 대답했다.

"그런 것도 물어와?"

"장난 아네요. 국문과 사무실이라고 맞춤법, 띄어쓰기는 기본이고 중국 고시 한 구절을 불러주면서 어디에 나오는 누구 시냐고 물어오기도 한다니까요."

"하하하."

세신이 웃었다.

"아니, 그런데 허 교수는?"

"잠깐 일이 생겼대요. 나가죠. 먼저 가 있으래요."

"어딜?"

"식당에요."

"……?"

세진은 조금 의아해하면서 인서의 뒤를 따라 과사무실을 나섰다.

"내가 언제 허 교수하고 식사한다 그랬나?"

"……좀 그렇죠?"

"근데 무슨 일이야, 정확히?"

"글쎄 잘 모르겠어요. 오시면 들어보세요."

"어디로 가는 길이냐?"

식당에 간다며 오히려 교문을 향해 가지 않고 도서관이 있는 뒤쪽으로 가는 것을 느낀 세진이 물었다.

"몰랐어요? 후문이 생겼잖아요."

"그랬냐? 야, 정말 많이 변했구나."

식당을 향해 가는 동안 몇 명의 학생들이 인서에게 깍듯이 인사를 했다. 인서는 간단한 목례로 인사를 받았다. 이런저런 광경들을 보면서 세진은 세월이 참 많이 흘렀다는 것을 더욱 절감했다.

후문에서 조금 떨어진 후미진 식당 안으로 세진을 데리고 들어간 인서는 이미 이야기가 되었던 듯 이것저것 음식을 시켰다.

"술부터 한 병 주세요. 형, 괜찮죠?"

"당연히 괜찮지만……."

"사실 나 이 자리 끝나면 허 교수님하고 같이 일어나야 돼요. 오랜만에 형하고 한잔하고 싶었는데."

"왜?"

"모 출판사에서 출판기념회가 있대요. 작가들 몇몇이 같이 모이나 봐요."

"근데 왜 니가 가?"

"모르겠어요. 꼭 데리고 다닐라 그래요. 싫다 그러기도 뭐하고."

"왜?"

"제 지도교수예요. 학과장이고."

"그게 이유가 되나?"

"그런 게 있어요."

"무슨 소린지 원."

"좀 그래요."

술이 날라져 왔고 둘은 잔을 채워 건배했다.

"근데 수경이는 요즘 어때?"

세진이 물었다.

"김 선배요? 지방대 강의 두 군데 나가고 아르바이트로 학원에서 한 타임 뛰고 있을 거예요."

"박사학위 받았잖아. 그런데 모교 강의도 없어?"

"학칙상 졸업생이 모교에서 시간강의를 할 수 있는 기회는 4학기로 규정하고 있어요. 그 이상은 안 돼요. 그 기간은 다 채웠으니까 전임을 따내기 전에는 힘든 거죠."

"그렇더라도 박사가 학원까지 나가야 한단 말야?"

"한 해에 박사가 8천 명 이상씩 배출돼요. 이제 10만 명이 넘는데요. 쉽지 않아요."

"그러냐? 그래도 곧 임용되겠네. 모교 졸업생 중에 누가 있던가?"

"아직은요. 우리 학교 출신뿐만이 아니라, 우리 과엔 서울대 출신 말고는 한 명도 없는데요 뭘."

"아무리 그래도 좀 심한 거 아냐?"

"좀 그렇죠?"

그럴 즈음 이야기를 끊고 인서가 자리에서 일어섰다. 세진이 뒤를 돌아보니 낯익은 얼굴의 허 교수가 막 식당 안으로 들어서고 있었다. 세진으로서는 그를 직접 보기는 처음이었다. 자리에서 일어선 세진에게 허 교수가 악수를 청했다.

"말씀 많이 들었습니다. 지면으로는 많이 뵀는데 직접은 처음이군요."

세진이 손을 잡으며 말했다. 타이를 매지 않은 정장 차림의 허 교수는 동그란 눈과 두터운 입술이 사진 속 얼굴과 별반 다르지 않았다.

"미안, 조금 늦었네. 얘긴 많이 들었어."

허 교수가 그런 듯 감정 없는 얼굴로 받았다. 초면인데 하대였다. 모교의 교수, 가르치는 학생의 몇 년 차이 나지 않는 선배라는 위치 때문인가? 본래 격의 없는 사이를 좋아하는 성격 때문일까? 세진은 내색은 안 했지만 신경이 쓰였다.

잔을 하나 더 청해 인서가 허 교수에게 술을 권했다.

"조병구 선생 말야, 나오는데 막 전화했던데?"

"왜요?"

허 교수가 묻고 인서가 답했다.

"신학기 커리 왜 안 보내주냐고, 조교한테 전화하라 그랬더니, 없다 그랬다며?"

"아직 공식적으로 내려온 것도 없구. 그걸 왜 청하시냐고 하니까, 그 학곤 원래 그러냐고 화를 내면서 끊더라구요."

"미친놈."

허 교수는 누구에게 하는 말인지 혼잣말처럼 씹듯이 뱉었다. 세진은 끼어들 여지가 없어 잠자코 술잔을 비웠다. 인서와 몇 마디를 더 주고받더니 불쑥 허 교수가 세진에게 물었다.

"출판계가 모두 힘들다던데, 괜찮은가?"

"쉽진 않지만 좋아서 하는 일이니까요."

"출판사는 얼마나 됐어?"

"이제 2년 남짓 됐죠?"

"산출판사 이 사장은 이제 손들 것 같던데."

허 교수가 불쑥 다른 출판사 이야기를 끄집어내더니 세진이 물을 사이도 없이 따따부따 말을 덧붙이기 시작했다.

"그래도 이 사장은 돈도 좀 있었는데. 선후배들이 우선적으로 원고도 가져다주고 그래도 안 되나 봐. 딴짓하는 것 같지도 않은데."

"산출판사를 잘 아시나 보죠?"

"응, 이 사장이 내 후배잖아. 아참, 자넨 교수님 찾아뵙나?"

"……?"

허 교수의 물음에 세진은 무슨 소린지 잘 이해하지 못해 머뭇거리다 말했다.

"졸업 후 두어 번 뵈었을 겁니다. 사회생활 하다 보니까 마음만 그렇지 쉽지 않네요. 가끔 통화는 했습니다."

"출판사를 하려면 교수님들부터 찾아뵈어야지?"

"예?"

"문학시대 말야……."

허 교수는 다시 말을 돌려 다른 출판사 이야기를 하기 시작했다. 소설가 누가 어쩌느니, 평론하는 신이 어쩌느니, 그의 이야기는 계속해서 출판계의 뒷얘기에 머물러 있었다. 그는 한 유명 계간지의 편집위원이기도 했다.

참다못한 세진이 기회를 살펴 물었다.

"오늘 보자고 하신 용건은?"

허 교수가 마치 무슨 소리냐는 듯 동그란 눈을 씀벅이더니, "아, 그거? 내가 말야, 우리 현대 시문학사 책을 하나 엮어볼까 그러는데, 그냥 시만 싣는 것은 아니고 대표적인 시에 대한 시평을 싣고 그 시가 차지하는 문학사적 의미 등을 정리해 낸단 말야. 원고는 거의 다 되어 있고, 이건 내가 교재로도 사용하고 해서 몇백 권은 소화할 수 있을 것 같은데" 하고 말했다.

세진은 흥미를 잃어 당장 자리에서 일어나고 싶었지만 차마 그러질 못하고 예의를 갖추어 건성으로 그 정도의 책은 얼마간의 편집기간이 필요하며 오히려 교재를 전문으로 취급하는 출판사와 상의하는 게 여러모로 도움이 될 거라는 등의 의견을 주었다.

"그런가? 아직 시간은 좀 있으니까 생각 좀 해보지."

허 교수가 진지한 얼굴이 되어 고개를 끄덕였다. 세진은 기회를 봐서 말했다.

"죄송합니다. 다른 약속이 있어서 오늘은 그만했으면 좋겠는데……."

"응, 그러자구. 나도 가볼 데가 있구. 잠깐만 앉아 있어. 화장실 좀 다녀올게."

허 교수가 일어서더니 화장실을 향해 갔다.

"미안해요, 형."

인서가 말했다.

"됐어. 그냥 너 보러 왔다구 생각하면 되지 뭘. 근데 원래 저러냐?"

"그렇죠 뭘."

"참, 생각난 김에 묻자."

"……?"

"김윤식 교수 말야, 표절 이야기가 무슨 말이냐?"

갑작스러운 물음에 인서의 얼굴이 조금 굳어졌다.

"난 오늘 처음 들었는데, 누가 그 사람이 표절한 사례를 폭로

한 글이 있다던데 너 들어본 적 있냐?"

"형 정말 몰랐어요?"

"뭘?"

"그거 내가 쓴 건데. 근데 오래전 이야기예요."

"뭐야, 그런 게 정말 있었단 말야? 더군다나 그 주인공이 너라구? 이거 완전히 등잔 밑이 어두웠구나."

"실망인데요. 나에 대한 관심이 그렇게 없었다니."

"야, 정말 몰랐다. 그럼 그 글은 가지고 있겠네?"

"물론이죠."

"좀 읽어볼 수 있어?"

"어려운 일은 아니지만……."

"자, 일어나지."

허 교수가 뒤에 와서 인서의 등을 툭 쳤다. 그 때문에 세진과 인서의 이야기는 중단됐다. 세진은 앞서 나오며 계산을 치렀다. 식당을 나서 허 교수에게 인사를 챙긴 세진은 인서에게 명함을 주면서 나직이 말했다.

"아까 그것 우편으로 이 주소로 좀 보내줄 수 있지?"

김윤식 교수의 표절

우편으로 전해받은 인서의 원고를 읽고 있는 정세진은 혼돈스러웠다. 적어도 그의 눈에 그것은 완전한 표절이었다. 김윤식 교수가 누군가. 이 나라 문학비평계의 태두와 같은 존재였다. 비평을 전공으로 하지 않은 정세진조차 그의 저서 서너 권은 사 읽은 것으로 기억한다. 평생을 한국 근대문학 연구와 한국 문학현장의 비평적인 글쓰기로 살아온 그였다.

세진에게는 펼쳐드는 잡지마다 빠짐없이 그의 글이 실려 있는 것을 보고 그렇듯 방대한 저술이 어떻게 가능할까 궁금했던 기억도 있었다. 하늘이 무너져도 하루에 원고지 20매 이상은 쓴다는 말을 지면을 통해 보고는 경탄했던 기억도 있었다. 그렇듯 한국 문학의 연구와 비평에 평생을 던진 그는 올해로 백 권의 저서를 출간했다. 편역서도 포함되어 있긴 하지만 그간 출간된 도서 목록 대부분이 철저한 연구와 독서를 기본적으로 요구하는 연구서라는 점에서 거의 전무후무할 수준일 터였다. 그런 김윤식 교수가 표절을 했다니…….

이인서의 원고를 눈앞에 두고 앉아 있는 세진 역시 믿기 힘들었다.

1) 반 텐 베르크의 견해에 기대면, 서양에서 처음으로 풍경이 풍경으로 그려진 것은 레오나르도 다 빈치의 〈모나리자〉이다. 거기에는 풍경으로부터 소외당한 최초의 인간과 인간적인 것에서 소외당한 최초의 풍경이 있다.

2) 판 덴 베르크의 생각에 따르면 서구에서 최초로 풍경이 풍경으로 그려진 것은 레오나르도 다 빈치의 〈모나리자〉부터이며 그곳에는 풍경으로부터 소외된 최초의 인간과 인간적인 것으로부터 소외된 최초의 풍경이 존재한다.

그렇게 시작되는 두 글의 내용은 번역상의 개인적인 표기, 조사 사용의 차이를 빼면 어느 것이 누구의 글인지조차 구분하기 힘들었다. 혹시나 해서 살폈지만 인용 표시도 없었다. 비평을 전공하지 않은 정세진이 보기에도 그건 엄연한 표절이었다.

인서의 논문이 지적하고 있는 대로 일본 문학평론가 가라타니 고진의 저서와 김윤식 교수의 저서를 함께 놓고 비교해 본 정세진은 한동안 생각에 잠겼다.

침묵하고 앉아 있던 세진은 급히 떠오른 생각에 김진현 기자에게 전화를 걸었다. 핸드폰은 즉시 연결되었다.

"시간 괜찮으면 저녁에 좀 만날까?"

김진현은 세진이 그렇듯 일부러 전화를 넣어 만나자는 이야기를 할 때는 반드시 무슨 용건이 있다는 것을 아는 사람이었다.

"저녁에 기획회의가 있어서 안 되겠는데. 급한 일이면 지금 잠깐 보지 뭘."

"괜찮겠어?"

"오래는 안 되고 차 한잔 마실 시간 정도는 뺄 수 있어."

성인 남자의 걸음으로 10여 분 남짓한 거리에 위치한 회사 사무실에 있던 김 기자는 정말 전화를 끊자마자 달려왔는지 5분도 안 돼 출판사의 문을 밀고 들어왔다.

"바쁠 테니까, 본론으로 들어가자."

소파로 옮겨 김 기자와 마주 앉은 세진은 준비해 둔 논문을 그의 앞으로 밀어주었다.

"뭐야 이건?"

세진은 대답 대신 보면 안다는 눈짓을 보냈다.

"김윤식 비평에 나타난 현해탄 콤플렉스 비판……? 뭐야, 이게 그거야?"

제목만으로 감을 잡았는지 김 기자가 소리를 질렀다.

"정말 있었구나! 내용은 어때? 누구야 필자가?"

"하나씩 보자구. 나도 설마 했는데, 문건은 아니지만 엄연히 이렇게 떠도는 소문대로 논문이 눈앞에 존재하고 있으니 첫번째 물음에 대한 대답은 된 거고, 내용은 김 기자가 이 자리에서 다 읽어볼 수는 없을 테지만 내가 보기엔 문제적이고, 또 이 글의 필자는 멀리 있었던 것도 아니고 바로 등잔 밑에 있었다는 거지."

"그건 또 무슨 소리야?"

"김 기자도 알 거야. 요즘 잘나가는 문학평론간데, 이인서라고 내 대학 후배야."

"이인서라, 요즘 일간지에 문화칼럼도 연재하고 있는 그 친군가? 잠깐 볼게."

어눌한 이웃 아저씨 같은 인상이었지만 막상 일이 닥치면 동물적 감각으로 야수처럼 매달리는 김 기자는 이미 논문의 첫 장을 빠르게 훑고는 다음 장을 넘기고 있었다. A4용지에 촘촘히 타이핑된 논문을 한 장씩 넘겨가는 김 기자의 얼굴에 잔뜩 긴장감이 묻어났다. 그의 표정은 차츰 굳어갔다.

"뭐야 이거, 명백한 표절이잖아. 이거 이럴 수 있는 거야?"

김 기자가 불쾌하다는 표정으로 말했다. 현대문학을 석사과정으로 전공했던 그로서는 당연한 반응이었다. 누구 못지않게 김윤식 교수의 저서들을 읽고 그 저서들을 인용해 많은 논문을 썼을 그였다.

"김윤식 교수가 누구야. 우리 문학비평계의 아버지 같은 사람 아냐. 어떻게 이럴 수 있지?"

"더 큰 문제는 이게 어떻게 지금껏 그냥 묻혀 있었을까 하는 거야. 그것도 바로 코밑에서."

"왜 그랬대?"

"그건 나도 몰라. 아직 묻지도 못했고. 나 역시 이 원고를 넘겨받으면서도, 인서를 믿지 못했던 건 아니었지만, 그 대상이 다른 누구도 아닌 김윤식 교수였기에 설마 했고 오히려 침소봉대된 측면이 있겠거니 했으니까. 또 그 친구도 새삼 그걸 주장하려고 한다기보다는 내가 좀 보여달라고 하니까 별 의미 없이 넘겨준 거고."

"그럼 정 사장도 이걸 어쩔 생각은 아니란 말이지?"

"어쩔 생각이라니?"

"예를 들어 출판을 할 수도 있잖아?"

"……?"

정세진은 솔직히 거기까지는 생각지 못했다. 함께 문학공부를 한 후배이긴 했지만 그건 겨우 석사과정 중에 쓴 소논문들에 불과했다. 무엇보다 인서에게도 조금도 그런 언급 없이 그냥 읽어보겠다고 부탁해 넘겨받은 원고였다.

"그건…… 생각해 보지. 난 사실 그런 글에 익숙지 않아서 다른 글에 비해 그 친구 논문 수준이 어느 정돈지 판단 내리기가 쉽지 않아. 더군다나 내 후배라고 해서 그냥 책을 내줄 수는 없잖아. 김 기자가 가지고 가서 읽고 의견 있으면 전화 좀 해줘."

"그러지. 근데 가져가도 되는 거야?"

"물론. 근데 그게 원본이라니까 분실에 유념하고."

김진현 기자는 원고를 챙겨들고 사무실을 나섰다.

김현과 김윤식

세진 형 보세요.

1998년 7월 24일, 나는 호남선의 이등객실에서 상념에 잠겨 있었습니다. 아득한 레일의 끝에는 목포가 있을 터였습니다. 나는 목포의 갯비린내를 벌써부터 상상하고 있었던 것인지도 모릅니다. 후욱, 하고 숨을 들이쉬면 무방비로 밀려들 갯비린내와 살비린내들. 내게 목포는 언제나 그런 삶의 비린내로 남을 것입니다. 아니 목포의 비린내를 걷어내면, 그곳에는 앙증맞게 솟아 있는 유달산과 태평양에서 스스로 삶을 마감한 김우진과 또 소설가 박화성과 남종화의 대가인 남농 허건과 〈목포의 눈물〉의 가수 이난영이 있을 것입니다. 아아, 어느 정치인의 애창곡이 〈목포의 눈물〉이었던가요?

바다가 아름다운 것은 보석처럼 섬이 박혀 있기 때문입니다.

만일 내게 목포가 왜 아름다운 곳이냐고 묻는다면, 나는 서슴지 않고 '불세출의 비평가' 김현의 문학비가 거기 있기 때문이라고 말하겠습니다. 김현의 문학비는 목포 내항에 접해 있는 향토문화관의 뒤편에 바다를 바라보며 서 있었습니다. 목포 출신 예술인들의 기념비들과 수석들이 마치 꽃처럼 피어 있는 듯한 느낌을 자아내는 그곳에, 김현의 문학비는 유독 외롭게 바다를 바라보며 서 있었던 것입니다. 학위논문을 준비하기 위해 떠났던 여행에서 내가 만난 것은 죽은 김현이 살아온 듯한 착각이었습니다. 그러나 그 착각은 결코 현실화될 수 없는 것이었습니다. 그것은 김현이 이미 죽었다는 사실 때문이 아니라, 문학비를 제외하고는 김현의 흔적을 찾을 수 없었기 때문입니다. 나는 이제부터 내가 쓰려고 하는 논문에 대해 필요성과 책임감을 더더욱 느꼈고 더불어 잘 해낼 수 있으리라는 용기도 얻어 돌아올 수 있었습니다.

김윤식 교수는 이미 우리 국문학계와 비평계에서 떼어놓고 생각조차 할 수 없는 의미 있는 상징significant symbol이 되어 있습니다. 그분은 정력적인 저술 작업을 통해 우리 근대문학의 내적 의미와 진화과정을 실증적이며 객관적으로 조명하기에 힘썼습니다. 그분이 온몸으로 대결한 것은 '근대문학이란 무엇인가', 더 나아가 '근대란 무엇인가'라는 수수께끼였습니다. 이 수

수께끼를 풀기 위해 그분이 필사적으로 매달렸음은 물론입니다. 강하고 교활한 적일수록 싸우는 자의 투지는 높아갑니다. 복사기도 없었던 시절에, 근대문학에 대한 서지가 체계적으로 작성되어 있지도 않았던 시절에 그분의 연구가 출발됐다는 것은 후학들로서는 대단한 축복일 수밖에 없었습니다.

그분이 제일 처음 시작한 일은 우리의 근대문학 자료를 필사하고 카드를 만들어 체계적으로 정리하는 것이었습니다. 60년대 중반, 그분은 당시 재직하던 서울대 교양과정부 전임강사직을 그만둡니다. 근대문학의 자료를 정리해야 되겠다는 것이 그 이유였습니다. 학교를 그만둔 그분이 가 있었던 곳은 아이로니컬하게도 도서관의 서고였습니다. 그분은 국립도서관과 서울대 도서관, 그리고 고대 도서관의 어두운 서고에서 자료를 읽고, 그것을 일일이 노트에 정리하고, 자료카드를 작성합니다. 그렇게 몇 년의 세월을 보냈습니다. 그것은 문학과 싸우는 일인 동시에 서고의 먼지와 싸우는 일이었습니다. 지금도 그렇지만, 당시의 그분에게는 '사실(먼지 속에 묻혀 있는 자료)'이 가장 무서운 것이었습니다. 명백한 사실이 없는 책의 연구란 그분에게 무용한 일이었던 겁니다. 모든 문학적 해석은 사실이라는 중심을 향해 수렴되는 것이니까. 때문에 그분에게 실증주의란 학문적 방법론이기에 앞서 일종의 실천철학이었던 것입니다. 그렇게 모은 자료를 보관하기 위해 그분은 자신의 이층집의 벽을 모두

헐어버립니다. 이제 그곳이 서고가 된 것입니다.

이때부터 그분의 맹렬한 학문적 작업이 시작됩니다. 한국 근대문예비평사 연구, 한국 문학사, 한국 근대문학사상사와 같은 걸출한 저서가 생산된 심층에는 그러한 잠복기간의 작업이 놓여 있었던 것입니다. 그분의 문학사 연구는 '근대'라는 수수께끼를 풀기 위한 기다란 우회의 길이었다고 볼 수 있습니다. 이때 근대에 대한 그분의 의문은, 그것은 자생적인 것인가, 이식된 것인가 하는 문제의식을 내장하고 있는 것이었습니다. 한국의 근대화가 일본의 제국주의적 야심 속에서 수행된 것이며, 때문에 근대문학이란 일본적인 것의 압도적인 영향 속에서 숙성되었다는 것이, 식민지 시대 이래 보편적인 근대관으로 고정되어 있었기 때문입니다. 그분은 이러한 고정관념과 싸운 것입니다. 임화 연구로부터 시발된 이러한 근대문학에 대한 고정관념의 타파 작업은, 그분의 훌륭한 동지이자 경쟁자였던 김현과 한국 문학사를 쓰기 시작하면서 더욱 날카로워집니다. 이때 우리는 70년대 당시의 시대적 분위기 역시 이러한 문제의식을 심화시키는 데 중요한 역할을 했다는 점을 고려해야 할 것입니다. 즉, 당시는 경제발전의 자신감을 토대로 '자생적 근대화'론이 역사학계를 중심으로 제기되고 있었으며, 이러한 상황 속에서 국학에 대한 관심이 그 어느 때보다도 높았던 때입니다. 때문에 자생적 근대에 대한 희구는, 학문적인 과제를 넘어 역사적 성격을 갖는 것이었습니다. 백 권 이상의 저술은 그렇게 생산되게 되었던 것입니다.

문제는 이러한 그분의 작업이 완료된 것이 아니라 현재진행형이라는 것이며, 그분이 이루어낸 업적만큼이나 많은 문제점이 또한 존재하고 있다는 사실입니다. 무엇보다도 문제적인 것은 근대문학에 대한 그의 탐구가 '이식문학론'이라는 원점으로 회귀했다는 사실이며, 이와 함께 그러한 작업 속에서, 서구의 문학이론가들의 완성된 담론의 학습을 통해 그만의 개별화한 담론을 만들어내지 못했다는 사실에 있습니다(결코 제가 제기한 표절의 문제가 아닙니다). 정신의 넓이와 깊이는 '자기 성실성'이라는 삶의 태도를 토대로 하는 것은 분명합니다. 또한 이론의 수립에는 자료의 집적이라는 기초가 존재해야 한다는 것 역시 상식에 속합니다. 그런데 문제는 무엇을 위한 자기 성실성이며, 무엇을 위한 자료의 집적인가 하는 것입니다. 그것은 개별 이론의 수립으로 향할 수밖에 없습니다. 이러한 명제 앞에서 김윤식이라는 한 학자는 자유로울까요? 그런 것 같지는 않습니다. 그렇다면, 김윤식이라는 대비평가는 후배 비평가들에게 극복의 대상일까요? 그 역시 그렇지 않습니다. 진정한 극복이란 무엇일까 생각해 보았습니다. 그분과는 다른 길을 찾는 것, 그게 극복이 아닐까 생각합니다.

60년대 이래 시작한 그분의 학문적 영역에서의 글쓰기와 비평적 영역에서의 글쓰기는 아직도 그 끝을 모른 채로 지속되고 있습니다. 열정이 재능이라면, 그것은 전적으로 김윤식을 두고 한 말이라는 김현의 진술은 아직도 유효한 것입니다.

형의 제안, 고맙게 생각합니다. 그러나 원고를 형에게 넘겨준 것은 옛날처럼 형의 개인적 조언을 기대한 정도였지, 그 이상은 아니었습니다. 또한 제 원고의 중심은 질적으로나 양적으로나 '김현 비평'에 있습니다. 김윤식 교수에 관한 논문이 중심이 되는 센세이셔널한 방식의 출판 또한 마음이 허락지 않습니다. 그러기엔 아직 제 공부가 성숙하지 못하다는 생각입니다.

이번엔 제가 출판사로 갈게요. 옛날 이야기나 하면서 맘 편히 술이나 한잔했으면 좋겠습니다. 그때 보죠.

추신

수경 선배에게도 형 이야기 했습니다. 무척 반가워하더군요. 함께 갈 수 있으면 그렇게 하도록 하죠.

이인서 씀

사제 카르텔

노로는 심한 정체를 보였다. 언제나 소화불량에 걸린 것 같은 서울이지만 이 시간까지 이렇게 막히리라고는 생각지 못한 류성문이었다. 자꾸 손목의 시계로 눈이 갔다. 운전석 계기판 옆에 디지털 시계가 앞차의 후미등처럼 깜박거리고 있음에도.

그는 문상을 가는 길이었다. 특별히 서둘러 도착할 이유도 없었고, 시간에 얽매일 필요도 없었다. 물론 선배 교수의 상가를 찾아가는 길이었으므로 너무 늦게 들여다보아서 좋을 건 없었고, 또 병원 영안실이 집과는 반대되는 곳에 위치해 있었으므로 은연중 돌아올 때를 걱정해서일 수도 있었지만, 그 때문은 아니었다. 그의 조급함은 한혜원으로부터 비롯되고 있었다. 젊고 신선한 그녀의 얼굴과 명랑한 목소리, 그리고 따뜻한 살갗은 무시로 그의 머릿속을 헤집고 다녔고 가슴속을 괴롭혔다.

그가 선임 교수 모친상 소식을 들은 것은 오전 강의가 끝나고 나서였다. 강의를 마치고 연구실로 돌아오니, 메모가 남아 있었다. 조교로부터였다. 조교에게 전화를 걸어 고인의 빈소를 확인하기 무섭게 혜원으로부터 전화가 걸려왔다.

"박 교수님 모친께서 돌아가셨다는 소식 들으셨어요?"

"그래. 어디니? "

"병원이요?"

"아니, 너 말야?"

"도서관이에요."

"너도 가봐야지?"

"예."

그러면서 한혜원이 대학원생들 전부 함께 갈 거라며 조그만 목소리로 '보고 싶어요'라고 속삭였다. 류성문이 오후에 세미나가 하나 있어 조금 늦을 것 같다고 말하자 혜원은 그곳에서 기다리겠노라고 '빨리 와요' 했던 것이다.

사람의 걸음걸이보다 조금 빠른 속도로 굴러가고 있는 차의 반대편 차선에서 견인차의 요란한 경적이 들려왔다. 사고가 있었던 모양이었다. 류성문은 담배가 피우고 싶었지만 참기로 했다. 차의 흐름이 조금씩 빨라지고 있었다. 빈소는 구리의 병원이었다. 혜원이 자기에겐 초행길인 그곳 위치를 설명해 주려고 애쓰는 동안 그는 그곳이 언젠가 친구의 모친이 교통사고로 상을 당해 한번 가본 적이 있는 곳이라는 사실을 알게 되었다. 대시보드의 시간을 알리는 액정화면은 이제 9자에서 숨가쁘게 깜박거리고 있었다. 차는 이윽고 정상적인 속도를 냈다. 류성문은 혜원으로부터 그 병원, 그 친구로 기억이 옮아가고 있었다.

한때는 꽤 잘나가는 축에 드는 소설가이기도 했던 그 친구는 고등학교 때부터 알고 지내던 사이였다. 고교 동창이긴 해도 좀 더 가까워진 건 대학에 와서였고, 더욱 가까이 지내게 된 것은 함께 문단생활을 하게 되면서부터였다.

전업작가, 그것도 소설만 쓰면서 먹고사는 사람들의 삶이 얼마나 힘든 일인가를 류성문은 그 친구를 통해 어느 정도는 짐작할 수 있었다. 언젠가 류성문이 해설을 써준 소설집이 발간된 뒤 그 핑계로 만들어진 자리에서였다. 함께 자리했던 시 쓰는 이 하나가 그 친구에게 '정 작가는 그래도 살 만하죠? 베스트셀러도 몇 권 내고, 문예지에 연재도 하고 있고 하니'라고 물었다. 그때 그 말을 묻는 시인도 진지한 얼굴이 아니었고, 질문을 받은 소설가인 그 친구의 얼굴도 그저 장난스러웠다.

―문 선생님은 어떻게 살아요? 시만 써서는 정말 이슬만 먹고 살아야 하는 세상인데.

그 친구의 되물음에 시인은 웃으며 말했다.

―뭐 가끔 수질 3급수 하는 수돗물도 마시고 그럽니다.

그 자리는 그렇게 우스갯소리로 넘어갔지만 자리를 파하고 둘만이 남게 되었을 때 류성문이 다시 그 얘길 묻자 그 친구는 아까와는 딴판으로 씁쓰레한 웃음을 지어 보이며 말했다.

— 내가 만약 한 달에 단편을 한 편 정도 쓴다고 쳐보게. 그리고 지금 계간지에 연재도 하고 있으니 그것도 계산에 넣고. 그랬을 때 계산을 해보면 얼마나 나올 것 같나? 최근 원고료 사정이야 자네도 잘 알 테고, 많이 치면 한 9백 될까? 거기에 그래도 오랫동안 서점 가판대에서 치워지지 않는 단행본 두어 권에서 평균적으로 나오는 인세가 한 50 될까? 그렇게 보면 한 해 최고로 쳐도 1천 5백이 안 되는 거야. 나로 말하자면 모셔야 할 어머니와 아이가 둘 있는데 아내가 그걸로 한 해를 살 수 있을까? 그런 거지. 그 때문이라면 도저히 견딜 수 없는 게 이 짓 아닐까? 다른 가치? 모르겠어, 그것도 한때였지. 이젠 온몸의 진이 다 빠져버린 것 같아. 한 작품을 끝내고 나서 느끼던 그 희열이나 감격. 그런 것 접어둔 지 오래네. 오히려 그 밤이 다 가기 전에 불쑥 이젠 또 무슨 이야길 쓰나 싶어지면 두려움이 찾아오지. 그런데 무엇 때문에 그렇게 악착스럽게 쓰냐고? 하하, 내가 할 수 있는 짓이 이것뿐이 없으니 할 수 없지 않은가.

할 수 있는 일이 그것밖에 없다고 말하던 그 친구는 그러나 결국 다른 할 일을 찾은 듯했다. 그의 모친이 돌아가셨을 때 그 병원 영안실에서 류성문에게 말했었다. 이젠 정말 소설을 그만 쓸 생각이라고. 하필이면 왜 그 자리에서 그런 이야기를 류성문에게 했는지는 알 수 없었지만 이제 와서 정말 소설을 놓고 살아갈 수 있겠느냐고 물었을 때 그는 말했었다.

—어머니도 놓은 손인데 뭘 또 못 놓겠나.

류성문은 그런 일을 겪을 때마다 자신이 교수라는 사실에 새삼 안심했고 언제나 긴장의 끈을 놓아서는 안 된다는 생각을 했다.

멀리로 병원 건물이 보이고 있었다. 큰 도로를 면하고 있었으므로 진입하기는 쉬울 것이었다. 신호가 바뀌길 기다리며 류성문은 빈소를 지키고 있을 선임 교수의 얼굴을 잠시 떠올렸으나 곧 겹쳐오는 한혜원의 웃는 얼굴에 밀려 사라져버렸다.

영안실은 지하에 위치해 있었다. 빈소를 지키는 상주들의 끊어졌다 이어지는 곡소리와 문상객들의 떠드는 소리가 계단을 밟아 내려가는 류성문의 귀로 파고들어왔다. 벽과 벽 사이를 부딪치며 떠도는 소음 속에는 한쪽 구석에 둥지를 틀고 고스톱판을 벌이고 있는 무리들이 내지르는 소리, 음식상을 가운데 두고 둘러앉은 사람들의 조심스러운 웃음소리, 추가 술을 청하는 조문객들의 객쩍은 소리들이 뒤섞여 있었다. 그 모든 것들이 한눈에 들어왔는데, 그에게 낯익은 얼굴들이 제법 보였다.

조문을 하고 나자 선임 교수가 바쁠 텐데 이렇게 찾아줘서 고맙다고 답례를 했고, 류성문도 얼마나 상심이 크시냐고 답례했다.

조의금을 내고 나오는데 한혜원이 다가와 인사를 했다.

"오셨어요?"

류성문은 말없이 고개를 끄덕였다. 둘의 눈이 마주쳤고 순간적으로 애틋한 눈빛이 오갔지만 그 이상 반가움을 표낼 수는 없었다.

"뭘 좀 드셔야죠?"

한혜원을 따라 앉을 만한 자리를 찾아나서는데 한쪽에서 류성문을 불렀다.

"류 교수, 이리로 오게."

부르는 소리에 돌아보자 같이 평론하는 선배 교수가 손짓을 했다. 류성문은 그리로 걸어갔다. 옆에서 한혜원이 아주 낮은 목소리로 말했다. '선생님, 술 너무 많이 하지 마세요.'

자리에는 친구인 허 교수도 와 있었다.

"좀 늦었네?"

옆에 자리를 만들어주며 허구가 친근하게 말했다.

"차까지 막히네."

"차까지 가지고 왔어?"

"응, 내일 아침 일찍 지방에 좀 다녀올 일이 있어서."

"하여간 류 교순 바쁜 사람이야. 알아줘야 한다니까!"

그 자리의 면면은 다양했다. 평론가, 소설가, 시인, 신문사 문화부 기자까지. 골고루 구색이 맞춰진 셈이었는데 류성문이 끼어들게 됨으로써 비평가의 수가 하나 더 는 셈이었다. 안면이 있으면 있는 대로 초면이면 초면인 대로 한바탕 인사를 나누고 있는데 한혜원이 육개장과 술잔을 가지고 왔다.

"한 선생이라고 그랬나? 좀 앉지그래요. 아까부터 고생하던데. 학생이 공부만 열심히 하면 되지, 이런 곳에서까지 애를 써 주니, 하여간 박 교수가 인덕두 많구만."

상을 당한 박 교수의 친구인 다른 학교 교수가 말했고 모두 그러라고 한마디씩 거들었다. 한혜원은 못 이기는 체 류성문 옆에 쪼그려 앉았다. 술잔이 돌아왔고 류성문과 한혜원은 술잔을 받았다. 이윽고 그들은 다시 류성문이 오기 전의 화제로 돌아가는 듯했다.

"어쨌든 그런 엉터리 연애소설들이 수백만 부씩 팔린다는 것은 문제가 있어. 멀리 봐서 출판계로서나 독자 자신들로서도 좋은 현상은 아니라는 거지."

한 평론가의 말이었다. 육개장을 뜨면서 류성문은 그것이 지금 한창 서울의 종잇값을 높이고 있는 한 대중소설에 대한 이야기라는 것을 알았다. 모인 면면이 그런 만큼 이런저런 이야기를 나누다 자연히 출판계 이야기를 나누었을 테고 다시 자연스럽게 최근의 베스트셀러에 대한 화제로 옮아갔을 것이다. 마치 그 자리는 베스트셀러 소설에 대한 성토의 자리 같았다. 류성문은 묵묵히 육개장을 비웠다.

"류 교수는 어때?"

갑자기 자신을 향해 던져진 물음에 류성문은 별로 할 말이 없었다. 그 책을 읽지도 못했던 것이다.

"글쎄요. 저도 선생님과 별로 다를 것 같지 않은데요."

류성문의 대답이 마음에 들었던지 선배 평론가는 껄껄 웃으며 이번엔 한혜원에게 말을 시켰다.

한혜원은 예의 수줍은 웃음을 띠면서, '제가 보기엔 그래도 베스트셀러가 된 책을 보면 그 나름의 읽힐 만한 요인이 있었다고 봅니다'라고 입을 떼었다. 그러고는 줄곧 그 책에 대해 거친 비판을 해대던 평론가를 향해 물었다.

"그 책은 그래도 지적할 거리도 많지만 유치한 가운데서도 꽤 재미있는 부분도 있어 보이던데, 여성의 심리를 그렇듯 섬세히 그려 보이기도 쉽지 않구요. 아닌가요? 그런 점은 어떠셨는지요?"

그때 평론가의 입에서 나온 말은 의외였다.

"글쎄, 사실 나도 읽지를 못해서…… 그런 부분부분에 대해서는 말하기 힘들지만…… 이 작가 생각은 어때?"

소설가의 대답도 다르지 않았다.

"글쎄요, 저도 아직 읽질 못해서……."

그렇게 말하는 소설가의 표정은 짐짓 무표정해 보였지만 그따위 소설을 내가 돈 주고 사볼 만큼 수준이 낮은 사람인 줄 아느냐, 나는 그래도 정식으로 등단을 거쳐 평론가들이 알아주는 이름 있는 작가다라는 표정이 담겨 있었다. 평론가가 뭐라뭐라 덧붙이고 나왔지만 그건 더 이상 누구의 귀에도 흘러 들어가지 않았다. 잠깐 동안 어색한 침묵이 흘렀다.

잠시 후 그 침묵을 깨야겠다고 생각이라도 한 듯 기자가 나섰다.

"얼마 전 동경북페어를 가서 느낀 건데, 우리도 정말 변하긴 해야 할 것 같습니다. 문화도 이젠 하나의 산업이라는 걸 확실히 인식해야 한다는 거죠. 고단샤나 쇼가쿠칸 같은 대형 출판사들은 멀티미디어 CD롬 같은 것으로 부스를 채웠고, 미스즈나 미라이샤 같은 전통 있는 중형 출판사들은 아예 참가도 안 했더라구요. 우리에게 친숙한 이와나미는 겨우 한 부스에 자리를 마련했구요. 크게 벌리기 힘든 소자본의 출판사와 인문사회과학 분야에 주력하는 출판사의 위축은 우리나라와 다르지 않았어요. 어찌 되었건 독자들의 호응을 얻지 못하는 책은 갈수록 위축될 수밖에 없지 않겠는가 싶어요. 그게 세계적인 추세라는 거죠."

"그건 그래요. 얼마 전 나도 서울도서전을 둘러봤는데, 이건 내가 무슨 도서전을 온 건지 전자제품 판매 전시장을 온 건지 모르겠더라구요. 책 홍보하는 데 웬 팔등신미인들이 그렇게 필요한 건지. 영상과 음향 때문에 머리가 다 아픈 건 말할 것도 없구. 일본도 그럽디까?"

"예, 그 점 역시 예외가 아니더군요……."

류성문은 그들 이야기를 흘려들으며 그만 일어서야겠다는 생각에 한혜원을 돌아보았다.

먼저 일어서야겠다며 류성문이 일어서자 다른 교수가 한잔 더 하고 가라며 잡았다.

"죄송합니다. 차가 있어서 술도 곤란하지만 내일 아침에 지방에 내려갈 일이 있어서."

기다렸다는 듯 한혜원이 가시는 길까지 태워달라며 역시 일어섰다.

허구가 일어나 류성문을 배웅하며 물었다.

"곧 책 나온다며?"

"다음 주 중에 나올 것 같아."

"한 권 보내게."

"그래, 출판사 통해서 보낼게. 하나 써줄 거지?"

"이 사람, 당근이지."

둘이 이야기하고 있는 사이에 한혜원은 그때껏 문상객들을 접대하고 있는 다른 대학원생들에게 먼저 들어가겠다는 말을 하러 갔고, 류성문은 상주인 선임 교수를 찾았다.

"왜 벌써 가게?"

"죄송합니다. 지방에 세미나가 있어서."

"그래, 그럼 빨리 가봐야지. 와줘서 고맙네."

류성문이 주차장의 파킹한 차로 돌아와 기다리자 잠시 후 한혜원이 차문을 열고 옆자리로 들어와 앉았다.

"힘드셨죠?"

"글쎄, 내가 힘들 게 있었나. 그런데 다들 안 가나?"

"누가 먼저 일어서나 서로 눈치들만 보고 있었을 텐데. 이제 제가 깃발을 들었으니 하나둘 가겠죠 뭘."

류성문은 고개를 끄덕였다.

"고생했겠네?"

"다 그런 거죠 뭘. 어쨌든 저도 선생님 기다리면서 세 시간을 서빙했다는 거 아네요."

"저런, 내가 어쩌면 좋지?"

"정말 제가 원하는 것 들어주실 거예요?"

"할 수 있는 일이라면."

"나, 오늘 밤 선생님하고 있고 싶어요."

"……."

무의식적으로 시간을 살피자 10시가 넘어 있었다. 류성문은 순간 아내의 얼굴이 떠올랐지만 이내 지워버렸다.

"제가 원하는 것 들어주신다고 했잖아요. 사모님 때문에요?"

"그래, 그럴게. 어디로 갈까?"

그사이 차는 주차장을 빠져나와 유턴 차선에 들어서 있었다. 서울 방향으로 가기 위해서는 차를 돌려야 했다. 한혜원이 핸들 잡은 왼쪽 팔에 팔장을 끼워왔다.

"고마워요, 선생님. 우리 멀리 가요. 아침에 선생님과 함께 눈을 떠서 강을 보면 참 좋을 거예요. 새벽강이요."

류성문은 고개를 끄덕이고 차를 직진 차선으로 꺾었다. 강과 강이 만나는 곳, 양수리를 떠올리며 류성문은 차를 몰았다. 학생들과 함께 MT를 간 적이 있는 새터 유원지도 괜찮을 듯싶었다. 이 시간의 도로사정이라면 20분 정도면 도착할 수 있을 것 같았다. 조금 있다 한혜원이 자신의 어깨걸이 가방에서 노란색 봉투 하나를 꺼냈다.

"그리고…… 여기 원고 가져왔어요. 사실 끝냈거든요."

한혜원이 그렇게 말하는 것만으로도 류성문은 그것이 그녀의 소설 원고라는 것을 알고 있었다.

"호, 그랬었구나. 어쩐지 오늘 혜원이 얼굴이 상기되어 보인다고 생각했는데, 퇴고를 했구나."

"그랬어요? 오늘 코가 비뚤어지게 술 마시게 해주시는 거죠?"

류성문은 그런 그녀를 사랑스러운 눈으로 쳐다보았다.

강 교수와의 인터뷰

김진현 기자는 강의실 중앙의 맨 앞자리를 차지하고 앉아 강 교수의 강의를 듣고 있었다. 처음 보는 불청객을 의식한 학생들이 가끔씩 호기심 어린 시선으로 김 기자를 흘끔거리곤 했다. 학생들의 눈빛에 뒤통수가 조금 근질거렸지만 그런 것에 개의할 김 기자가 아니었다. 막 강의를 시작하려던 강 교수도 김 기자와 처음에 눈이 마주쳤을 때 의아한 눈빛을 보냈지만 그저 단순한 청강생이려니 여겼는지 이내 의혹의 눈길을 거두어갔다. 십수 년 차이가 나는 후배들 틈새에 끼어 있는 셈이니 눈에 띄기도 할 터였는데, 그것도 맨 앞자리 정중앙을 차지하고 앉아 있었으니 더더군다나 남의 이목을 끄는 것은 당연했다.

"많은 사람들이 정치의 안정을 이야기하고 우리 정치인을 욕하지만 나는 그런 정치가 있게끔 만든 것도 언론이 아닌가 생각해요. 그런 점에서도 언론개혁은 우리 사회 최고의 선이에요. 한국의 언론 거기에 이 나라의 모순이 비빔밥 되어 있는 겁니다. 자 왜 그런가? 그 이윤 이제부터 살펴봅시다……."

생각했던 것처럼 강 교수는 강의도 열정적이었고 거침이 없었다. 언론의 누구하고도 인터뷰를 하지 않기로 유명한 강 교수였다. 이번 기사 역시 애초에는 후배 기자에게 넘길 작정이었는데 절대 인터뷰를 안 하겠다는 강 교수의 말을 듣고 포기한 그를 대신해 내려온 것이었다. 앉아서 얻어지는 기사는 없다. 일단 부닥치라는 좌우명을 가지고 있는 김 기자는 외부인과의 전화 연결도 철저히 통제하고 있는 강 교수를 찾아 무작정 이곳 전주행 고속버스에 몸을 실었던 것이다. 그러나 김 기자가 그렇듯 취재를 위해 무작정 달려드는 듯해도 실제로는 오히려 그러한 방식이 잘못되면 취재원에게 결례를 범할 수도 있었고 결과적으로 좋지 않은 상황을 빚어낼 수도 있다는 사실을 알고 있기에 '무작정' 속에는 그만의 철저한 '작정'이 담겨 있었던 것이다.

김 기자는 사실 이번에 김윤식 교수의 표절 문제를 크게 다루기로 작정하고 있었다. 그에 대한 기사를 쓰기 위해서는 충분한 독서가 우선 필요했다. 고속버스를 타고 오면서도 줄곧 손에서 놓지 않은 것이 김윤식 교수의 선집이었다. 책을 대하면 대할수록 그는 대단한 사람이라는 게 느껴졌다. 그러나 그런 심정은 이러한 사태가 확인되기 전까지 그의 저서를 읽으면서 느끼던 경외심과는 조금 다른 것이었다.

"낮의 대통령은 정권이 바뀌면 그만이지만 밤의 대통령은 영원하다는 말은 들어들 보셨죠? 신문사 사주를 두고 자기들이 스스로 칭하고 있는 말입니다. 이런 인식이 어떻게 가능한가 생각해 보면 간단합니다. 우리가 잘 아는 프랑스의 〈르몽드〉지가 총 몇 부를 발행하는지 아세요? 40만 부예요. 독일의 〈프랑크푸르터 알게마이네 차이퉁〉도 40만 부를 안 넘어요. 근데 그 두 나라의 사람 수에 비해서도 훨씬 적은 대한민국에서는 발행부수가 2백만 부를 넘는 신문이 세 개나 된단 말입니다. 물론 윤전기에서 빠져나와 바로 쓰레기장으로 가는 수도 만만치 않고 그 수가 얼마나 될지 모르겠지만, 자기들 발표가 그러니 그것만 두고 이야기합시다. 더군다나 그들 논조에는 교묘한 카르텔이 형성되어 있어서 거의 한목소리를 내보내고 있다고 봐도 무방할 거예요. 정치하는 누구는 민족이라는 이름을 들먹이고 있지만 사상이 불손하다 그러면 그는 위험인물이 되는 겁니다. 옛날 군사독재 시대에는 물리력으로 일반 대중들의 의식을 지배하고 사안에 따라 선전선동이 가능했죠. 그러나 세상은 여러분이 알다시피 많이 변했습니다. 그나마 기초적인 민주주의가 이루어진 지금 국민들의 의식을 지배할 수 있는 힘은 곧 미디어에서 나온다고 보면 틀림없습니다. 권력은 총구가 아니라 바로 신문에서 나오고 있다 이겁니다. 바로 그렇기 때문에 현재, 6백만 부라는 수치가 웅변하고 있는 사실은 상당히 중요한 의미를 띠고 있는 겁니다……."

강의를 듣는 학생들의 자세도 진지했다. 언론사 세무조사를 비롯해 언론개혁 문제가 초미의 관심사로 떠오른 시기여서 더한 것인지도 몰랐다. 그러나 무엇보다 강 교수의 강의가 현장성을 담은 생동감이 있어서 더욱 그래 보였다. 두 시간의 강의시간은 순식간에 지나갔다.

"오늘은 여기까지만 합시다. 주말 잘 보내시고 다음 시간에 만납시다."

김 기자는 강의를 마치고 강의실을 빠져나가는 강 교수를 놓치지 않고 따라잡았다.

"교수님, 오늘 강의 잘 들었습니다. 사실 이 우리나라 언론이 문제는 문젠 거죠. 어느 특정 신문의 문제가 아니라 말입니다."

강 교수가 그런 이야기를 하는 김진현을 유심히 살피며 물었다.

"누구신가? 이전 시간까진 못 봤던 학생 같은데?"

"아, 그렇군요. 죄송합니다. 그러고 보니까 제가 아직 인사를 드리지 못했군요. 저는 월간《말》지의 김진현 기자라고 합니다."

그의 표정이 조금 굳었다.

"무슨 일이죠?"

"지나는 길에 강 교수님이 한번 뵙고 싶기도 하고 해서 학교로 온 김에 강의까지 훔쳐듣게 되었습니다. 사실 도강하면 안 되는 거죠?"

김진현은 너스레를 떨었다. 김 기자가 그렇게 나오는데는 강 교수도 할 말이 없었다. 강 교수도 미소를 띠었다. 그들은 어느새 강 교수의 연구실 앞에 이르러 있었다.

"불원천리 달려왔는데 차 한잔은 주시겠죠?"

강 교수도 이제 싫지 않은 표정으로 너털웃음을 흘리며 잠겨 있는 연구실의 문을 땄다.

원래의 목적인 인터뷰를 다 마친 뒤, 김진현은 혹시나 싶어서 물었다.

"교수님 혹시, 우리 국문학계의 어른이신 김윤식 교수님의 표절건에 대해서 들어보신 적 있으세요?"

"들어본 적은 있어요. 하지만 내 전공은 아니니 깊이 관심을 두지는 않았고…… 그걸 밝혀낸 게 젊은 친구라죠, 아마? 누구래요?"

"이인서라고 젊은 문학평론가라는데요."

김진현의 말에 강 교수가 깜짝 놀라고는 허허 웃었다.

"왜요? 아시는 분인가요?"

"잘 알죠. 얼마 전 내가 원고 청탁을 하나 했다가 거절당하기까지 했으니."

"예? 그건 무슨 소리죠?"

"허허, 그런 일이 있어요. 역시 강단도 있고 실력도 있는 친구였군요, 허허."

"……?"

강 교수와의 인터뷰를 끝내고 교문을 나서면서 김 기자는 핸드폰으로 정세진에게 전화를 걸었다. 이인서의 책 출간계획을 확인하고 싶어서였다. 그러나 정세진의 대답은 예상 밖이었다.

"그 친구가 출간을 않겠다는데."

"왜?"

"자세한 건 만나봐야겠지만, 아직까지 공부하는 입장이고 벌써 단행본을 묶어낸다는 게 너무 이르다는 생각이 든대."

"그게 이유야?"

"자기가 쓴 논문의 주제는 표절이 아니었다는 거야. 그런 걸로 김윤식 교수를 욕보이고 싶지도 않고."

"되긴 된 친구군."

"그렇지?"

"하지만 순진한 생각이야. 그런다고 진실이 영원히 묻히진 않아. 모든 건 때가 되면 땅속의 가스가 폭발하듯 분출되어 나오는 거라구. 그리고 자신뿐만 아니라 후학들을 위해서도 밝힐 건 밝혀야지. 요즘 문학계의 표절 문제도 심각한 지경 아냐? 그 친구의 입장은 이해가 되지만 옳은 태도는 아냐. 그건 그거구, 난 그 친구를 한번 만났으면 좋겠는데?"

"왜?"

"왜라니? 기사를 쓰려면 당사자를 만나봐야지."

"정말 쓰려구? 그게 무슨 기삿거리가 될까?"

"기삿거리라니? 자네 정말 내 친구 맞나? 이건 작은 일이 아냐. 우린 정말 중요한 걸 잊고, 무시한 채 산다니까. 하여간 전화상으로 긴 이야기 할 순 없구. 책 출간과는 별도로 나는 가는 거니까, 한번 만나게 해줘."

"알았어. 내가 만나지 못하게 한다고 포기할 것도 아니면서 뭘…… 거긴 어디야?"

"응, 전주."

"전주? 비빔밥 먹으러 갔어? 거기 요즘 콩나물해장국 잘하는 데가 있다더니 거기 간 거야?"

"그래, 점심 먹으러 왔다. 서울 가서 사무실로 갈게."

핸드폰을 끊고 걸으면서 김 기자는 생각을 정리했다. 자신이 아직 공부하는 입장이니까 책을 내는 것이 이르다고 생각한다? 그건 별로 설득력이 없다. 출판사에서 책을 내주겠다는데 마다할 이유로는 적당치 않다. 정작 문제제기를 해놓고 그 당사자를 욕되게 하고 싶지는 않다? 이건 또 무슨 귀신 씻나락 까먹는 소린가. 아무튼 아직 어린 친구지만 요즘같이 허명을 좇기에 안달인 시대에 그런 이유로 거절했다면 보기 드물게 속이 깊은 친구임에는 분명하지만, 아무리 그렇더라도 뭔가 다른 이유가 있을 것 같다는 생각이 김 기자의 호기심을 자극했다. 김진현은 걸음을 재촉했다.

지식과 상상력

"무슨 생각을 그렇게 해요, 형?"

막 교문을 들어서는 이인서의 등을 누군가 쳤다. 서장우였다. 나이가 같으면서도 그는 언제나 인서를 부를 때 형이라 칭했다. 다른 학교에서 인서가 다니는 학교의 대학원으로 진학한 그는 학부에서의 학번은 오히려 인서보다 두 해나 앞선다. 단지 대학원 학번이 이인서보다 한 해 밑이었다.

"말 놓으라니까 왜 자꾸 그래, 부담스럽게."

인서가 장난 반 진담 반으로 정색하며 말했다. 이인서의 그런 정색은 처음이 아니었다. 학부로 따지자면 서장우가 오히려 인서의 선배였다. 그러나 그럴 때마다 서장우의 대답은 한 가지였다. '무슨 소리세요. 한번 선배는 영원한 선밴 거지. 난 사실 형 보고 이 학교 다니는 건데, 그렇게 이야기하면 내가 섭하죠. 학부 학번이 내가 빠르니까 선배라고 그러긴 뭐하고, 형이라고

부르는 게 훨 낫잖아요.'

"안 좋은 일 있수? 기분 안 좋으면 한 번씩 그러데? 이제 와서 말 까면 형 생각처럼 안 어색할 것 같아요?"

"……."

하긴 그랬다. 서장우의 말대로 동년배인 그의 나이를 안 다음 처음 몇 번은 어색하더니 자꾸 듣다 보니까 오히려 익숙해져버리긴 했다.

"그래도 이게 무슨 조폭 사회도 아니고 말야."

"조폭? 개네들은 형님이라구 부르구. 아니 그러고 보니까 요즘 교수와 대학원생들 관계를 장인-도제 관계니, 조폭 관계니 하더만, 틀린 말도 아니네. 조 선배 논문 심사 앞두고 권 교수한테 알랑방귀 뀌는 것 봐요. 그 선배 그러는 거 보면 불쌍해요. 그렇게 공부해서 뭐 할라 그러나 몰라?"

"그만두자. 근데 넌 기분이 좋아 보인다?"

인서가 말을 돌리며 물었다.

"하여간 난 순진해서 탈이라니까, 표정 관리가 안 돼요."

"무슨 소리야?"

"며칠 전 바꿔탄 주식이 3일째 상종가를 치고 있어요."

"아직도 주식 갖고 있냐? 너 안 한다고 했잖아?"

"그럴라 그랬는데 시골 집 사정이 안 좋은가 봐요. 이번 한 번만 하숙비하고 등록금만 챙기고 손 털 거예요."

"그놈의 한 번은…… 아무튼 너 재주도 좋다. 경제가 어렵다구 난리고 주식은 바닥권인데 어떻게 너만 그럴 수 있냐? 주변에는 손해만 보고 나자빠진 애들 투성인데. 너 문학공부를 하는 게 아니라 경제공부 하는 거 아냐?"

"주식은 말예요, 공부해서 얻는 지식이 아니라 상상력이에요. 만유인력을 발견한 뉴턴도 주식 하다 쫄딱 말아먹은 친구들 중 하난데 그 친구가 그랬다잖아요. 천체운동은 센티미터와 초 단위로 측량할 수 있지만, 정신 나간 군중이 시세를 어떻게 끌고 갈지는 정말 알 수 없다고. 뉴턴은 증권거래소에서 돈은 잃었지만 또 하나는 제대로 깨친 셈이죠. 내가 지금 무슨 말 하려고 했지?"

"지식과 상상력."

"아, 그래서 내 생각은 증권거래소에서만큼은 경제학자보다 문학도가 더 유리하다, 그런 거죠."

"하여간 궤변은."

"궤변이 아니에요. 증권거래소를 음악 없는 몬테카를로라 그러거든요. 그렇지만 전 거기서 음악도 듣는걸요. 몸을 싣고 매수와 매도가 만들어내는 선율을 즐기는 거예요. 그러다 적당히 취하면 미련 없이 던지는 거예요."

"그만하자, 거기에 대해선 할 말 없다. 어찌 되었건 그거로 네 학비를 충당한다니."

“빙고. 바로 그거거든요. 인서 형은 아집이 없어요. 현실을 인정할 줄 안다는 거죠. 아마 형도 주식 하면 돈 좀 벌걸요.”

인서는 또 생각에도 없는 장우의 투자학개론을 들은 셈이었다. 자세히는 이야기하지 않아도 서장우의 집은 대학원을 다닐 만큼 넉넉한 편은 아니었다. 그런 그가 그래도 포기하지 않고 어떻게든 학위를 받으려고 하는 모습은 인서에게도 보기 좋았다. 주식 쪽은 그렇더라도 공부를 하는 도중 어려운 점이나 회의가 밀려오면 언제나 장우는 인서를 찾아왔고 인서는 그런 그의 고민을 진심으로 헤아려주고 도움을 주었다.

첫 강의시간을 맞춰 등교하는 학생들이 빠른 걸음으로 그들 옆을 스쳐지나고 있었다.

“공분 잘돼가?”

인서가 물었고 장우의 얼굴에서 조금 전의 달뜬 표정이 사라졌다.

“미치겠어요. 읽어야 할 책은 많고, 낼모레 발표할 리포트 때문에 오늘 내일 날밤 까야 할 판이에요. 낼모레 또 허 교수한테 까일 생각을 하면 으히구, 밥맛이 없어요.”

인서와 함께 현대문학 소설 장르를 전공으로 하는 장우 역시 허구 교수가 지도교수였다. 이곳 대학원에 입학해 얼마 지나지 않아 장우는 허 교수로부터 그런 정신머리로 이 학교는 왜 왔느냐는 모욕까지 받은 뒤 한동안 자퇴까지 진지하게 고민

했을 정도였다. 대학원 사회에서 자신의 논문을 지도하는 교수의 눈 밖에 나면 그건 치명적이라 할 수 있었다. 졸업논문의 통과 여부도 그렇지만 졸업 후의 강사 자리 역시 지도교수의 도움이 절대적인 영향을 끼쳤던 것이다. 서장우의 말대로라면 그가 본교를 포기하고 이 학교 대학원을 택했던 것은 자신의 후배가 그 학교에서 겪은 경험 때문이었다. 학부 때부터 장우가 잘 알고 있던 그 여학생이 대학원 시험을 앞두고 교수에게 인사차 찾아갔다. 그녀는 빈손으로 가기 뭐해 드링크제 두 박스를 사들고 갔다. 자리를 파하고 나오려는데 교수가 물었다. '거긴 뭐 들었어?' 달리 포장을 한 것도 아니어서 그것이 피로회복제라는 것은 한눈에 알아볼 수 있는 것이어서 조금 의아해하며 '피로회복제'라고 말하는 순간 여학생은 교수의 낯빛이 바뀌는 것을 인식했다. 교수의 얼굴은 불쾌한 표정이 역력했다. '나 그런 것 안 먹으니까 다른 교수에게나 갖다주게.' 물론 그해 그녀는 진학에 실패했다. 장우의 동기생 중 하나는 석사과정을 마치고 박사과정 시험에 응시했다가 구술시험 도중 겪은 일을 장우에게 들려주어 더욱 그로 하여금 모교를 떠날 결심을 하게 만들었다. 그 교수는 시험에는 전혀 어울리지 않을 가정경제와 연구과정 중 들어갈 학비 조달 방법을 꼬치꼬치 묻더라는 것이다. 가정형편이 여의치 않았던 장우 자신도 어쩌면 그와 비슷한 경험을 했을지도 모르지만 그에 대해서는 인서도 듣지 못했다. 그런저런 경험들을 하면서 모교에서는 도저히 공부할 수 없다는 생각을 하고 인서가 다니는 학교로 입학해 온 것인데 특별히 다른 게 없더라는 게 장우의 말이었다.

"그보다 정말 무슨 일 있는 것 같은데?"

장우가 다시 조금 전의 화제를 끄집어냈다. 그만큼 인서의 상태가 장우의 눈에는 심각해 보였던 모양이다. 전혀 생각도 못한 일이었는데 며칠 전 출판사 측으로부터 출판 제의를 받은 이인서였다.

"이 정도 수준이면 충분히 단행본으로 묶일 만한데 다른 계획이 없다면 우리 출판사에서 내자. 네 책을 내가 만들어줄 수 있다면, 그거 나로서도 꽤 의미 있는 일 아냐?"

인서로서는 정세진의 제의를 마다할 이유는 하등 없었다. 이제 석사과정을 마친 대학원생으로서는 조금 빠르다는 느낌은 있었지만 세진의 말대로 그건 거절의 명분이 되지 못했다. 세진 형의 출판사에서 첫 책을 낸다면 자신에게도 의미가 있다고 인서도 생각했다. 그러나 인서의 고민은 다른 데 있었다. 출판은 정말 전혀 생각도 못했던 일이지만 한때의 그 일이 뇌리를 떠나지 않아서였다.

교수님들께 그 논문으로 더 이상 '분란(교수는 그렇게 표현했다)'을 일으키지 않겠다고 약속을 했었던 것이다.

"그게 말야……."

망설이던 인서는 장우라면 믿을 만하다는 생각에 이야기를 꺼냈다. 실상 김윤식 비평에 대한 논문이 처음에 외부로 유출될 수 있었던 것도 그의 힘이 컸다.

처음 그 논문이 발표되던 날 심사를 맡고 있던 교수들의 반응은 제각각이었다. 전공이 고전문학인 박 교수는 젊은 나이에 언제 김윤식 교수의 그 많은 저작을 다 읽었냐며 그 논분을 높이 평가하고 인서를 치켜세워주었고 다른 한 교수는 이거 발표하면 국문학계에 폭탄이 되겠다며 웃기도 하였다. 그러나 정작 발표한 논문의 질적 수준에 대해 평가를 내려야 할 지도교수를 비롯한 현대문학 전공 교수들의 분위기는 뜻밖이었다. 노골적으로 불쾌한 기색을 드러내는 교수도 있었다.

— 김윤식 교수 저서가 전부 몇 권인데 이거 정말 제대로 다 읽고 주장하는 건가? 앞뒤 맥락을 빼고 부분만 따온 건 아냐?

인서의 나이를 들먹이며 위해주는 척 차분한 목소리로 가르치는 분도 있었다.

— 이 군, 자네 열심히 하는 건 알고 있어. 그렇지만 젊은 혈기에 너무 큰 봉우리부터 오르려 하고 있는 건 아닌가 안타깝기도 하군. 학문하는 자세는 그런 게 아냐. 대가를 비평하려면 좀 더 자기를 갖추고 나서 시작하는 거야. 내 말 무슨 뜻인지 잘 알겠지?

보다못한 고전문학 전공 교수가 끼어들어 자신이 보기에 이인서 학생의 논문은 공들인 흔적이 역력할 뿐만 아니라 상당히 설득력도 있는데 뭘 그러시냐고 인서를 두둔하고 나섰지만 분위기를 바꿀 수는 없었다. 정작 논문의 발표자인 이인서는 다른 학생들의 차례를 위해 한마디 말도 못하고 강단에서 내려와야 했고 어색한 상태에서 다음 순서가 진행되어야 했다.

그날 발표가 끝나고 학생회실로 돌아왔을 때 가장 흥분한 것이 서장우였다.

— 형, 그냥 가만있을 거예요? 다른 누구도 아닌 김윤식 교수가 표절했다는 사실을 지적한 거잖아요. 아무리 표절문화가 일반화되었다고 해도 다른 누구도 아닌 김윤식 교순데. 안 되면 외부로라도 알려야지요.

— 그럴 필요까지 있을까?

— 무슨 소리예요? 형은 본인이 쓴 거라 그럴지 모르는데 그거 대단한 논문이에요. 지금껏 누가 감히 김윤식 교수의 학문세계를 그렇게 비판한 사람이 있었나요? 솔직히 매일 지도교수들 앵무새 노릇이나 하는 게 우리 대학원생들 아녜요? 이건 안에서 안 되면 밖에서라도 인정받아야 한다구요. 우리가 무슨 힘이 있어요. 아까 봤잖아요. 교수님들 얼굴 굳는 거. 이건 외부에서부터 바람몰이를 해야 한다니까요.

— 그럼 우선 우리 대학원생들끼리라도 이야기를 해볼까?

— 물론 그래야겠지만 그건 다른 문제예요. 모여봤자 뻔족한

방법도 없을 거구…… 한번 모여는 보죠.

그만큼 장우는 강단과 의리가 있는 친구였다.

"출판사에서 내 원고를 책으로 묶어보자는데?"

"그래요? 잘됐네. 그럼 좋은 일인데 왜 그렇게 고민스러운 얼굴이에요?"

"거긴 김윤식 교수 원고도 끼어 있거든. 그 논문은 교수님들께 더 이상 외부로 유출하지 않겠다고 약속도 했고."

"에이, 그게 무슨 문제가 되겠어요. 그건 언론에 알리지 않겠다고 한 거지, 책을 내지 않겠다고 한 건 아니잖아요. 그래서 또 문제가 되면 어때요. 오히려 우리가 바라던 바죠. 우리 대학원 사회 문제 이건 정말 구조적인 거예요. 지금 형처럼 그렇게 개성이 존중되지 않으면 학문의 발전이란 거 그거 요원한 거 아녜요?"

"……."

"아무튼 축하해요. 인세 받으면 한잔 살 거죠?"

장우의 의외의 반응에 인서는 자신이 교수들에 대해 너무 과민반응을 보이고 있는 것은 아닌가 싶은 생각이 들기도 했다. 그러나 인서는 고민 끝에 책을 내지 않기로 했고 그런 자신의 뜻을 세진 형에게 이메일로 보내기도 했다. 세진 형이 먼저 출판 제의를 하기는 했지만 실상 시장성도 전혀 없는 문학연구서를 출판하는 게 회사 입장에선 도움 될 것도 없으리라는 생각도 마음에 걸렸다. 더군다나 교수들과 괜한 풍파를 만들 이유는 없었다. 이제 나이 서른, 언젠가는 책을 내야겠지만 그것이 꼭 지금일 필요는 없는 것이었다. 한 걸음씩 나아가도 결코 늦을 게 없으리라는 게 인서의 생각이었다. 자신의 그런 뜻을 전하자 세진 형은 역시 개의치 않고 네 뜻대로 하라고 했었는데, 어젯밤 갑자기 전화를 해와서 책 출간은 그렇다 치고 누가 널 꼭 만나고 싶어 한다고 했다. 누구냐고 묻자 잡지사 기자라고 했다. 그 논문 때문이라면 부담스럽다고 말하자, 친구라며 그냥 우리 만나는 김에 같이 한잔하자는 정도지 별다른 의미는 없다고 했다. 오늘 저녁 가겠다고는 했지만 조금 신경은 쓰였다.

수경 선배에게 오늘 시간이 어떨지 전화를 해봐야겠다고 생각하는 인서의 눈으로 문리대 건물이 들어오고 있었다.

신간 출간

"류 교수 책이 내일 나온다고?"

업무일지에 사인을 해넣으며 사장이 물었다.

"빠르면 오후에 입고될 것 같습니다."

"보도자료는 준비되어 있고?"

"예, 몇몇 기자들한테는 이미 발송했습니다."

지우형의 보고였다.

"크게 무리할 필요는 없고, 2천 부였지?"

사장이 새삼 확인했다. 신간 출간 부수가 요즘 출판시장의 분위기를 웅변해 주고 있었다. 류성문은 그 나름의 지명도가 있는 필자였다. 비평서와 달리 그가 낸 에세이도 이전에 베스트셀러였을 만큼 많이 팔렸다. 그러나 최근의 시장 상황에 미루어 크게 기대할 만한 책은 아니었다. 초판 2천 부를 찍도록 한 것은 그만큼 사장도 상황 인식을 하고 있다는 것을 의미했다.

"얼마나 팔 거야?"

사장이 단도직입적으로 물었다.

"쉽진 않을 것 같습니다. 신문 광고를 낼 수도 없구……."

지우형의 생각과 달리 사장의 답변은 의외였다.

"광고를 왜 안 해. 물론 상황은 어렵지만 초기엔 할 만큼 해 볼 참이니까 준비해. 3천 정도는 생각하고 있어."

"예?"

예상외의 답변에 지우형이 놀라 물었다. 사장은 당연히 '뭐 남을 게 있다고 광고냐'고 했어야 옳았다. 사장의 지론은 그랬다. 자위행위 같은 광고는 하지 마라, 자족적인 광고는 말 그대로 자기만족에 그칠 뿐이다. 그건 오랜 경험 끝에 나온 그의 철학이었다.

"그 정도는 해줘야지. 류성문 씨는 끝까지 우리와 함께 갈 사람이야. 어느 정도는 팔아주어야 할 거야. 줄 땐 화끈하게 주자구. 망설이지 말고."

지우형에게 그렇게 말할 때의 사장은 격의 없는 친한 친구 사이처럼 보인다. 그런 거침없는 표현을 통해 이야기를 나누는 상대와 한 식구임을 강조하고 있는 건지도 몰랐다. 좀 더 기분이 좋으면 '씨발'이라는 말도 서슴없이 붙는다. '씨발 한번 해주자구.' 그런 분위기면 지우형도 별수 없이 웃는다. 그런 표현에 거의 악의가 없다는 것을 지우형은 알기 때문이다.

"그럴 필요까지 있을까요? 워낙이 시장 상황도 안 좋고, 특별한 내용을 갖춘 것도 아니고 이전에 발표한 글들을 모아놓은 책인데."

"상황은 언제나 어려웠어. 단군 이래 최악의 상황이란 말은 매년 나와. 지금은 안 되겠다 그러면 영원히 안 되는 거야. 또, 류 교수가 그쪽에선 분위기 메이컨데, 다른 책들을 위해서노 그 정돈 해줘야지. 류 교수가 우리 책 팔아주는 데 일조하는 건 편집장도 알잖아."

"그렇긴 해도……."

"괜찮아. 만 부는 팔 수 있을 거야. 내가 바본가?"

사장은 정말 바보가 아니었다. 그는 적정한 선에서 타협할 줄 알았다. 적당히 인정적이면서도 사업적인 면에서는 냉정하고 철저했다. 어찌 되었건 그가 출판계에서 성공한 것은 결코 우연이 아니었다. 지우형은 그래서 사장을 미워할 수 없었다. '난 장사꾼이야.' 그는 스스로를 곧잘 그렇게 표현했다. 사장은 아무리 어린 나이의 저자라 해도 그가 팔릴 만한 글을 쓸 수 있는 필자라면 언제나 선생님이라는 호칭을 사용했고 깍듯했다. 돈 잘 버는 출판사, 잘나가는 출판사라는 것을 알고 몇 군데에서 안정적인 원고 확보도 할 겸 문학잡지를 해보는 게 어떻겠느냐고 제의도 들어오곤 했지만 그런 제의 앞에서도 사장은 단호했다. 그건 자기 몫이 아니라는 것이다. 그런 것을 통해 허명을 얻지는 않겠다는 뜻을 명확히 했다. '난 장사꾼이야, 아직까진 무슨 문학잡지까지 내는 사장입네 하고 폼 잡을 만한 처지가 아냐. 아생연후살타我生然後殺他, 내가 살아야 남도 살릴 수 있는 거야.' 그런 사장을 뒤에서 손가락질하는 이들도 있었지만 지우형이 보기엔 오히려 그런 자들이 솔직하지 못했다.

"알겠습니다."

지우형은 사장의 지시를 메모한 뒤 조심스럽게 이야기를 꺼냈다.

"서이명 씨 건 말입니다."

"……?"

"이번 달에 출간하면 어떻겠습니까?"

"왜 갑자기?"

"너무 던져둔 것도 같구. 출간할 의향이시라면 마침 여유가 있습니다. 서이명 씨도 궁금해하던데……."

"글쎄, 내 생각은 다른데. 출간할 생각이니까 계약금까지 준 거지만, 지금 그대로는 너무 모험 아닐까?"

"질적으로는 결코 떨어지는 원고가 아닙니다. 제가 보기에 상당히 대중성도 있구요. 의외의 성과를 거둘 수도 있을 것 같은데……."

"나도 알고 있어. 편집장이 오해를 하고 있는 모양인데, 내가 그 원고를 던져두고 있는 건 그래서가 아냐. 그냥 내보내는 건 그를 위해서도 안 좋아. 그렇다고 한 권짜리 단행본을 무작정 광고로 밀어붙일 수도 없구."

지우형은 사장의 말에 조금 놀랐다. 전혀 관심을 안 가지고 있었던 게 아니란 걸 확인한 것이다.

"큰 부담 없이 그냥 내볼 수는 있지 않겠습니까. 이미 선인세도 지불한 상태니까."

사장이 정색을 했다.

"난 그런 식의 출판은 안 해. 어떤 책이건 그냥 내본다는 식은 용납할 수 없어. 앞으로 편집장도 직접 출판을 하게 될지도 모르지만 그건 명심해 둬야 해. 경우에 따라 그럴 수도 있다는 건 위험한 생각이야. 한 번이 두 번 되고 다시 세 번이 되는 거니까. 그럴 바엔 애초에 안 하는 게 나아. 기왕 하기로 결심한 바에는 최선을 다해야 돼."

"알겠습니다."

지우형은 부끄러워졌다. 사장이 불쑥 말했다.

"우선 등단을 시키는 게 어떨까? 내가 박 사장에게 얘기해서 우선 그 잡지로 등단을 하는 거지."

박 사장은 사장의 친구였다.

"그래도 그 정도 잡지라고 하면 편집위원들도 있을 텐데…… 서이명 씨도 어떻게 받아들일지 모를 일이구."

"하여간 편집장은 너무 고지식하다니까. 다 그런 거야. 공생

공존. 서이명 씨에게 단편소설을 써놓은 게 있는지 우선 확인해보고…… 아무튼 여러 각도로 생각해 보자구."

사장이 손목의 시계를 살피며 말을 끊었다.

"나 지금 나가봐야 하거든. 조선일보 이 기자하고 골프 약속 있어."

"이 기자도 골프 잘 치나 보죠?"

지우형은 업무일지를 챙겨들며 지나는 말로 물었다. 룸살롱에서 함께 술을 마시던 이 기자의 호쾌한 얼굴이 문득 떠올랐다. 자신보다 10년은 윗 연배인 사장에게도 호칭이 그냥 '최 사장'이어서 같은 연배인 지우형이 같이 앉아 있기가 민망하게 만들던 이 기자였다. 지우형은 이후 셋이 함께하는 자리는 가능한 한 피했다.

"이제 시작했는데 뭘. 그냥 놀아주는 거지."

사장의 말대로 딱히 그것이 흥에 겨워서라기보다는 언론 쪽과 관계를 유지하기 위한 차원에서 행해지는 것이라는 걸 지우형은 모르지 않았다. 어떤 오락이든 어느 정도 수준에 오른 사람이 초보자와 함께 게임을 한다는 것은 수준급의 사람에겐 유희라기보다는 고역에 가까운 일일 터였다. 요즘 사장의 골프는 주로 방송국과 신문사 관계자들과 이루어지고 있었다.

"다녀오십시오."

지우형이 사장실을 막 나서려는데 자신도 나갈 채비를 하다 그제서야 생각났는지 사장이 말했다.

"아, 그리고 나 낼모레부터 일본 좀 다녀와야 해. 사무실 며칠 비울 테니까, 그렇게 알고 있어요. 보고할 거 있으면 미리미리 하고."

"예, 알겠습니다."

지우형은 무슨 일로 가시냐고 물으려다 그만두고 짧게 대답했다.

자리로 돌아오자 세 개의 메모가 남아 있었다.

신간이 다 만들어졌다는 제본소 쪽 전화와 류성문 교수, 그리고 출판사 편집국장으로 있는 친구로부터의 것들이었다.

지우형은 우선 류성문 교수에게 전화를 넣었다. 류 교수는 자신의 연구실에 있었다.

"안녕하셨습니까, 지우형입니다."

"아, 그래요. 회의중이라고 하기에 메모 남겼어요. 책은 나왔나요?"

"예, 그렇잖아도 다 됐다는 연락을 받았습니다. 한두 시간 후면 들어올 것 같습니다."

"아, 그래요. 수고 많았네요. 나도 빨리 받아보고 싶은데…… 그쪽까지 움직일 시간이 없을 것 같아서……."

지우형은 그럼 학교로 증정본 전부를 보내드리겠다고 말했다. 그러자 류 교수가 다시 급하게 말을 받았다.

"아니, 번거롭겠지만 출판사에서 10여 군데만 속달로 좀 보내주시겠어요."

그러겠노라고, 보내드릴 분들의 주소를 알려달라고 하자 즉시 팩스로 넣겠다고 말했다.

"나머지는 오토바이로 빨리 보내주시구요."

"알겠습니다."

전화를 끊고 지우형은 그 책의 편집 담당자인 임수빈을 불러 류 교수의 부탁 말을 전했다.

"그런 것도 출판사에서 해주나요?"

임수빈이 말했다. 책이 만들어지면 언론사를 비롯해 책의 홍보를 위한 발송 작업은 당연히 출판사에서 하는 일이지만 개인적으로 누구누구에게 우편발송을 부탁하는 경우는 드문 일이긴 했다. 지우형은 웃으며 말했다.

"아무튼 수고 많았어요. 유종의 미를 거두죠. 그리고 책 나왔으니까 회식 한번 합시다. 오늘 저녁 어때요?"

거짓말, 우리 소설의 정체

문학비평계의 태두泰斗로 불리는 김윤식 교수. 그는 최근 『한국 현대문학 비평사론』과 『초록빛 거짓말, 우리 소설의 정체』를 펴냄으로써 '저서 1백 권 발간'을 돌파했다. 지난 1973년 『한국 근대문예비평사 연구』를 발간한 이후 27년 만에 이룩한 미증유의 업적이다. 그런데 "언어밖에 가진 것이 없는 내 앞에 소설이 있었고, 있고, 있을 것이다. 어제도 오늘도 내일도 계속 소설을 읽을 수밖에 없다"고 토로한 바 있는 이 백전노장의 문학비평가를 둘러싸고 표절 논란이 제기되었다. 그 진상을…….

"김 선배, 팩스 왔는데?"
"뭔데?"
마감에 쫓기며 자판을 두드리고 있던 김진현 기자는 고개도

들지 않고 물었다.

"김윤식 교수로부터야."

김진현은 김윤식 교수라는 말에 화들짝 놀라며 엉덩이를 들어올렸다.

"왔어? 정말이야?"

"근데 너무 간단한데."

후배 기자가 고개를 갸웃거리며 팩스용지를 넘겨주었다. 김진현은 기사를 쓰기에 앞서 '표절건'에 대한 김윤식 교수의 입장은 어떤 것인지 듣고 싶어서 몇 번 전화통화를 시도했지만 실패했다. 이번 건에 대한 기사를 쓰는 데는 성격상 굳이 만나야 할 이유가 없다는 판단이 들어 확인 차원에서 질의서만 그의 사무실로 보내두었다. 물론 답변이 있으면 있는 대로 없으면 없는 대로 기사를 쓸 작정이긴 했다. 김윤식 교수의 연구실에 전화로 확인해 본 결과 질의서는 다음 날 김 교수 손에 전달되었다는 사실은 확인해 두었었다. 그로부터 일주일이 지나도록 아무 연락이 없어서 거의 포기하고 있던 중인데 마침내 답변이 온 것이다. 뒤늦게 보내온 답신임에도 불구하고 3개 항의 질의에 대한 김 교수의 답변은 간단했다.

1) 선생님 저작 중 일부가 일본의 문학평론가 가라타니 고진의 저작 가운데 일부를 표절했다는 지적이 있는데, 사실인지요?

지적한 대로 가라타니의 글 가운데 일부가 내 글에 그대로 옮겨졌습니다. 이는 내 실수입니다.

2) 문학평론가 이인서 씨는 이제 박사과정 중에 있는 어린 후학입니다. 논문을 통해 그분이 제기한 비판의 적합성과 타당성에 대하여 말씀해 주십시오.

젊은 학인 이인서 씨의, 나를 비판하는 패기를 높이 평가합니다. 앞선 세대에 대한 비판을 통해 학문적 발전이 가능하다고 생각합니다. 비판의 적합성과 논지의 타당성에 대한 판단은 내 몫이 아닌 것 같습니다.

3) 최근 조선일보에서는 상의 공정성을 높인다는 명목으로 문학상 심사위원을 종신제로 발족했습니다. 누가 보더라도 거기에서 선생님을 제외시켰다는 것은 이해하기 힘든 처사인데(참고로 말씀드리자면 문학평론가 중에 그 자리에 위촉된 분은 불문학도이면서 선생님보다 훨씬 후학인 정모 씨입니다), 이에 대해 아시는 바가 있는지요?

그것에 대해서는 모릅니다. 처음 듣는 일입니다.

짧은 답변에 맥이 풀렸지만 이 정도의 답신도 큰 성과였다. 그분으로서도 많은 고민 끝에 보내왔을 터였다. 김진현은 기사 말미에 '이 시간까지 확인을 요청한 기자의 질문에 답신이 없었다'는 말을 써넣을 예정이었는데 그 내용은 수정되어야 할 터였다. 이제 정말 기사를 쓰기 위한 모든 취재는 끝낸 셈이었다. 다시 자리에 앉은 김진현은 빠른 속도로 기사를 작성해 가기 시작했다.

"한 젊은 문학평론가가 작성한 김윤식 교수의 표절 폭로 문건이 중앙 일간지 문화부 기자들에게 전달됐으나 묵살된 채 보도되지 않고 있다."
기자가 최근 한 중진 문학평론가와 대화를 나누던 중 전해들은, 1년 전부터 문단에 떠돌고 있다는 '흉측한 소문'의 내용이다. 며칠 후 기자는 문단의 다른 인사가 전하는 또 하나의 소문을 접했다.
"조선일보가 주관하는 문학상 종신 심사위원에 소설비평의 대가인 김윤식 교수가 선정되지 않은 것도 표절 논란과 무관치 않다."
때는 마침 김윤식 교수(64)의 '1백 권 저술 돌파' 소식이 각 신문 지면을 덮고 있던 상황이라 충격의 파장은 더욱 컸다. 그 두 개의 소문은 과연 사실일까? 기자는 진상을 알아보기 위해 추적에 나섰다.
단서는 세 가지로 좁혀졌다.
1) '젊은 문학평론가'는 누구인가?

2) '김윤식 교수 표절 폭로 문건'은 존재하는가?

3) '김 교수가 조선일보가 주관하는 문학상 종신 심사위원에 선정되지 않은 것'은 이 소문과 관련이 있는가?

기자는 이 괴이한 소문이 그저 뜬소문이겠거니 여겼다는 점을 먼저 고백하지 않을 수 없다. 이유는 그 대상이 다른 누구도 아닌 김윤식 교수였기 때문이다. 그만큼 그는 우리 학계에 지울 수 없는 큰 족적을 남긴 사람이다. 그 소문을 쫓는 기자에게 돌아온 대부분의 반응도 그 범주에서 벗어나지 않았다.

'설마 김윤식 교수가 그럴 리가 있나?'

'우리 학계의 교수들치고 외국 서적에서 그 일부라도 베끼지 않은 사람이 어디 있나? 찾아보면 아마 부지기수일 거야.'

'에이, 그래도 김윤식 교수만큼은 그럴 리 없지. 틀림없이 와전된 걸 거야.'

그러나 아주 우연한 기회에 기자는 한 지인의 도움으로 실제 그러한 문건이 존재하고 있다는 사실을 확인할 수 있었다. 기자는 충격에 빠지지 않을 수 없었다. 그러고 나자 정말 조선일보의 문학상 종신 심사위원에서 그가 배제된 이유가 거기에 있다는 소문도 전혀 근거 없는 것이 아니라는 생각이 들었다. 그 진상도 확인하고 싶었다.

기자는 문단 인사들을 탐색하던 끝에 하나의 실마리를 찾았다. 《비평과전망》 편집위원인 문학평론가 홍기돈 씨의 개인 홈페이지 게시판에 이 소문의 진상을 뒷받침하는 글이 실려 있다는 것이었다. 곧바로 인터넷을 연결하자 '현대시문학상 시상식에 다녀오다'라는 제목의 글이 떴다. 글을 올린 날짜는 지난 7월 2일. 다음과 같은 대목이 시선을 끌었다.

"어제는 현대시문학상 시상식이 있었다. (……) 시상식장에는 유명한 시인들이 참 많이도 왔다. 축사는 김춘수 선생이 하셨는데 (……) 이차에서는 이기형 선생 맞은편에 앉아서 술을 마셨다. (……) 거기서 오고간 기억나는 내용은 대략 두 가지. 하나는 이인서에 대한 얘기였다. 이 선생께 들은 내용인데, 이번 문학상 심사위원에서 김윤식 교수가 배제된 이유가 이인서의 비판 때문이라는 것이다. 이 선생은 조선일보 문화부 기자에게 들었다고 출처를 밝히셨다."

사실 확인을 위해 홍기돈 씨와 전화통화를 시도했다.

현대시문학상 시상식은 언제 있었나?

"지난 7월 1일이었을 것이다. 장소는 대학로에 있는 한 건물이었다."

시상식에 참여하게 된 이유는?

"편집위원으로 참여하고 있는 잡지에 글을 써준 필자가 올해의 수상자였기 때문에 축하해 주려고 갔다. 그분과는 이전부터 인연도 있었다."

문제의 발언을 듣게 된 경위는?

"행사가 끝나고 술자리가 있었다. 일차에서는 『시학』에서 활동하는 시인들과 마셨고, 이차에서는 이기형 선생과 마셨다. 그때 이 선생에게 그런 말을 들었다. 이 선생은 요즘 이인서의 활동에 많은 사람들이 흥미를 느끼고 있다는 말씀도 하셨다."

이 선생과는 어떤 사이인가?

"내가 문학평론가로 등단할 때 그분이 심사위원이셨다."

홈페이지에 쓴 내용은 사실인가?

"그렇다."

여기까지 정리하자면 이렇다.

1) 소문으로만 떠돌던 '김윤식 교수 표절 폭로 문건'은 정말로 존재했다.
2) 그것을 작성한 것으로 알려진 '젊은 문학평론가'의 이름은 이인서이다.
3) '김윤식 교수가 조선일보가 주관하는 문학상 종신 심사위원에 선정되지 않은 것'은 이인서의 비판과 관련이 있다.

그렇다면 '이인서'는 누구인가? 그는 서울시립대학교 국문학과 4학년 때인 지난 1993년 신춘문예 문학비평 당선과 계간잡지 비평상 수상을 통해 문학평론가로 데뷔했다. 현재 동 대학원 박사과정에 재학중인 그는 최근 김현 논쟁과 이른바 문학 권력 논쟁의 논객으로 참여하는 등 왕성한 활동을 벌이면서 문단의 주목을 받고 있다. 조선일보에 대한 기고·인터뷰 거부 지식인 선언에도 문학계 인사로 서명한 바 있다.

지난 9월 1일 마포의 한 술집에서 기자는 이인서 씨(30)를 만날 수 있었다. 취지를 설명하고 만남을 요청한 정식 인터뷰 자리는 아니었기에 어느 정도 오프더레코드를 인정한다는 선에서 이야기가 진행됐다. 우선 '표절 폭로 문건' 소문의 진위에 대해 묻자 그는 매우 곤혹스러워했다. 다음은 그와의 일문일답.

당신이 '표절 폭로 문건'을 작성했다고 하는데…….

"그것은 명백하게 잘못 알려진 것이다. 단언컨대 '표절 폭로 문건'은 없다. 석사과정 때 김윤식 교수의 비평 작업을 검토하는 논문을 썼을 뿐이다."

그렇다면 그 논문을 쓴 것은 언제인가?

"석사과정 2학기 때였으니까 아마 1997년 가을이었을 것이다. 대학원에선 학기마다 논문발표회가 있는데, 그때 쓴 논문 제목이 바로 '김윤식 비평에 나타난 현해탄 콤플렉스 비판'이었다. 학문적 차원에서 비판적으로 작성한 논문을 두고 '표절 폭로 문건'이라니, 당치 않은 소리다."

일부에선 당신이 직접 문건을 언론사 기자들에게 돌렸다는

데…….

"전혀 사실이 아니다. 왜 그런 헛소문이 도는지 이해할 수 없다."

논문이 학교 외부로 나갔을 가능성은 없나?

"다른 대학 교수 10여 분에게 돌린 적은 있다."

그렇게 한 이유는 부엇인가? 그는 조금 망설이다 말했다.

"부족하면 부족한 대로 학문적 평가를 받고 싶었기 때문이었다."

논문을 보냈던 교수들의 면면을 기억하는가?

"내가 분석 대상으로 삼았던 김윤식 교수를 비롯해 몇몇 분이었다."

교수들로부터 반응은 없었나?

"김윤식 교수가 제삼자를 통해 한번 만나자는 연락을 해왔다. 다른 분들로부터는 특별한 반응이 없었다."

그 제삼자가 누구인지 말해줄 수 있는지 물었으나 그는 더 이상의 말을 삼갔다.

언론 쪽에도 그 논문이 돌았다(기자는 단정적으로 물었다. 그때까지 확인한 바는 아니었지만 기자는 사실 확인의 진척을 원했다). 정말 그 외의 반응은 없었나?

'에쎄' 담배 한 개비를 빼든 채 잠시 침묵을 지키던 그가 불을 붙이더니 다시 말문을 이어갔다.

"사실은 한두 달쯤 지나고, 그러니까 작년 4~5월경에 한 신문사의 학술부 기자로부터 전화를 받았다. 그는 기사화하고 싶다고 했지만 내가 반대했다. 그것이 전부였다. 나는 그걸로 모든 것이 끝났다고 생각했다. 그런데 이렇게 이상하게 소문이 퍼졌다니, 황당할 따름이다."

왜 그랬나? 학문적으로도 검증이 필요하지 않았나? 당사자인 학계에서 침묵했다면 언론에서 나선다고 했을 때 도움을 주었어야 하지 않나?

"그 검증은 끝났다고 생각했다. 그때는 내가 너무 어렸다. 다른 대학 교수에게 돌린 건 실수였다. 그러니 언론까지 끌어들일 이유는 더군다나 없었다."

김윤식 교수가 만나자는 요청을 해왔다고 했는데, 만났나?

"나는 글을 통해 모든 것을 말했다고 생각했기 때문에 직접 만날 필요가 없다고 판단했다."

이인서 씨는 여기서 입을 다물었다. 쓸데없는 오해를 받기 싫다면서 더 이상 이 화제에 대해 입을 열지 않겠다는 것이다.

김진현은 쓰던 글을 멈추고 허리를 폈다. 목을 가누며 올려다본 시간은 어느새 자정을 훨씬 넘어 있었다. 마감에 임박하면 언제나 치르는 월례행사지만 오늘도 외박을 하게 된 셈이었다. 그는 새벽까지 기사를 마감하고 사우나에서 잠깐 눈을 붙인 뒤 다시 다른 기사를 정리해야 했다.

책상에서 벗어난 김진현은 커피 한 잔을 뽑아들고 창가에 섰다. 17층의 이곳 사무실에서 내려다보이는 한강은 깊은 잠에 빠진 듯했다. 강을 넘나드는 대로 위의 차량 불빛도 드물었다. 드문 만큼 동전만 한 헤드라이트 불빛들의 움직임은 빨랐다. 다리 위의 조명들은 가로수의 장식등처럼 앙증맞았다. 며칠 전 만났던 이인서의 말이 귓전을 울렸다.

— 제가 말하고자 했던 것은 결코 표절의 문제가 아니었습니다. 문제는 김 교수가 행한 비평적 작업에 대한 가치평가는 그분의 작업량에 비하면 미미하기 그지없다는 사실입니다. 그분에 대한 비평론이 나온다고 할지라도 그것이 대개 맹목적인 찬사에 가까운 글이거나, 선배 비평가에 대한 과도한 예의에서 나온 글이라는 점에서 볼 때 착잡한 심정이죠. (……) 기이한 것은 일본 문학의 필독서라고 할 수 있는 가라타니 고진의 저작을 한 번이라도 읽어보았을 일문학자들이나 한국의 국문학자들은 왜 단 한 번도 이 문제를 제기하지 않고 침묵하고 있었던 것일까 하는 점입니다.

그러면서 이인서는 조심스럽게 가능하면 기사화하지 않았으면 좋겠다고 말했다. 그러나 김진현은 허락도 없이 인터뷰를 하게 된 셈이어서 미안하지만 기사를 쓰지 않을 수는 없다고 잘라 말했다.

— 이건 이제 시위를 떠난 화살과 같습니다. 이인서 씨 당신의 입장을 이해 못하는 바는 아니지만 김 교수의 표절이 명백한 게 확인되었고, 언론에서조차 그걸 지금껏 외면했다면 이건 작은 문제가 아닙니다. 이건 이제 이인서 씨 한 개인의 문제 차원을 벗어났다는 겁니다. 이인서 씨 우려대로 이 기사로 인해 누군가에게 상처를 입히게 될지 모르지만 그건 더 큰 병을 치료하기 위해 치르는 통증 같은 것이라고 생각합시다. 이건 지금이 아니더라도, 또 이인서 씨의 지적이 없었더라도 언젠가는 또 다른 누군가에 의해 틀림없이 터져나왔을 사안입니다. 오히려 나는 이인서 씨가 좀 더 적극적인 자세로 이 사태에 임해주셨으면 합니다.

그러나 이인서는 더 이상 그 논문에 대해서는 입을 열지 않았다. 별일 없었다는 게 그의 일관된 주장이었지만 김진현은 기자의 감각으로 그가 뭔가를 말하지 않고 있다는 걸 직감하고 있었다. 그는 왜 그때 신문사의 인터뷰를 거절했을까? 지금 돌아보면 자신의 생각이 짧았다고 하지만 그때는 당연히 기사화를 원했던 것 아닌가?

창밖의 거리 풍경과 달리 마감을 앞둔 월간잡지의 편집실 안은 여전히 한낮의 표정이었다. 자욱한 담배연기 속에서 이쪽저쪽에서 자판 두드리는 소리만 요란했다. 김진현은 자리로 돌아와 앉아 마지막이라는 글자 뒤에서 깜박이고 있는 커서를 바라보다 심호흡을 했다.

마지막 의혹. 자타가 공인하는 소설비평의 대가이자 잡지에 발표된 소설은 다 읽는다는 김윤식 교수가 왜 문학상 종신 심사위원에서 제외됐을까? 그는 신문사가 주최하는 신춘문예와 각종 문학상의 단골 심사위원으로 활약해 왔다. 그렇다고 그가 조선일보에 대한 문제의식을 가지고 있는 지식인도 아니지 않은가. 따라서 "조선일보가 김 교수를 심사위원으로 선정할 경우 안티조선에 서명까지 한 이인서의 논문이 언제라도 불거질 수 있다고 판단했기 때문일 것"이라는 문단 일각의 분석은 심증 차원을 넘어선다.

저서 1백 권 돌파와 관련해 서슴지 않고 '쉽사리 범접하기 힘든 거대한 봉우리'라는 표현을 동원해 칭송하던 언론이기에 김 교수의 표절 사실을 알고도 쉬쉬했다는 의혹을 받고 있는 것은 자업자득의 측면이 클 뿐만 아니라 심사위원 위촉 건에도 의혹을 불러일으켰던 것이다. 결국 김 교수 표절 논란은 우리 지식인 사회가 갖고 있는 일그러진 풍경을 여러 가지 각도에서 보여준 셈이다.

프로이트 방법론

세진 형 보세요.

모 대학 모 학과에 A라는 교수가 있었습니다. 그런데 이 교수는 이상하게 프로이트를 싫어했습니다. 자신의 지도학생이 프로이트를 방법론으로 학위논문을 쓰겠다고 찾아오면, 방법론을 바꿀 것을 요구했습니다. 문학연구에 무슨 프로이트냐는 것이 주된 논조였는데, 방법론을 바꾸지 않으면 논문심사도 할 수 없다는 주장을 공공연히 하곤 했던 겁니다. 물론 거기에 논리적인 이유는 없었습니다. 실제로 몇몇 지도학생들은 프로이트 때문에 불필요한 고통을 감수해야만 했습니다.

그런데 이 대학에는 프로이트를 자신의 문학연구 방법론으로 삼고 있는 B교수가 있었습니다. A교수에 비하자면 한참이나 후배뻘인 교수였습니다. 불행하게도 그러나 이 교수에게는 지도학생이 없었습니다. 그렇지만 이 교수는 강의시간이면 프로이트를 방법론으로 논문을 쓰는 일이 얼마나 중요한 것인가 하는 점을 열정적으로 강조하곤 했습니다. 많은 학생들이 B교수의 열정과 성실성에 감동받았습니다. 차츰 학생들이 자신의 지도교수 몰래 B교수의 연구실을 들락거리기 시작했습니다.

그런데 A교수와 B교수 사이에는 미묘한 신경전이 있는 듯했습니다. 전공 영역은 다르지만 A교수의 전공 영역까지 B교수가 연구하길 마다하지 않았기 때문입니다. 지금 와서 생각하면 B교수는 학문적 의욕이 충만한 교수였던 것 같습니다. 그러던 어느 날이었습니다. 대학원 논문발표회장이었는데 A교수의 지도학생인 K가 자신의 논문의 방법론으로 프로이트를 원용하고 있는 것이 밝혀졌습니다. 강평을 하던 A교수는 분노하기 시작했습니다. 지도학생이 지도교수의 뜻을 거역하고, B교수가 즐겨하는 프로이트를 방법론으로 사용해서인 것은 그 기류를 조금이라도 아는 사람이라면 누구나 짐작할 수 있는 것이었습니다. 아주 짧은 순간 동안 장내에 있던 모든 사람들이 긴장했던 것 같습니다.

이윽고 A교수는 K의 논문이 언급할 가치도 없는 논문이라고 혹평했습니다. 그것을 지켜보고 있던 동료 학생인 I는 A교수의 혹평과는 달리, K의 논문이 매우 설득력 있고 독특한 작업의 소산이라는 생각을 하고 있었습니다. 그런 생각을 하고 있는데, 갑자기 A교수가 I를 지목했습니다.

"너, K의 논문에 대해서 말해봐. 네 생각엔 이게 좋은 논문 같니?"

I는 침묵했습니다. 어떤 대답을 요구하는지는 거의 본능적으로 알고 있었지만 양심이 허락지 않았습니다. 물론 속으로는 이렇게 생각하고 있었습니다.

'A교수가 프로이트 때문에 화가 난 것 같아. 그런데 내 생각엔 논문에는 아무런 문제가 없는 것 같은데. 이거 완전히 낭패로군.'

I가 침묵하고 있자 A교수는 화살을 B교수에게 돌렸습니다.

"B교수 생각에는 어때요? 이 논문 정말 문제가 많은 것 같죠?"

침묵 속에서 모든 사람들이 B교수를 쳐다보았습니다.

교수들 간에 견해의 차이가 있을 때, 그들은 학생들 앞에서 논란을 벌이지 않는다는 것은 불문율처럼 지켜지고 있습니다. 어떤 이유 때문인지는 모르나, 특히 선배 교수의 주장에 후배 교수가 반박하는 것은 일상 속에서 결코 보기 힘든 풍경입니다. 그러니 대학원생이 교수를 비판한다는 것은 이 세계에서는 가당치도 않은 일입니다.

"글쎄요. 제 생각에는 썩 괜찮은 논문인 것 같았습니다만……."

B교수가 의외로 소신 있는 답변을 하자, A교수는 잠시 당황하다가, 이내 I에게 화살을 돌립니다.

"I군, K군이 자네 선배라고 아무 말도 안 하는구만. 교수보다 선배가 무서워서 그런가. 자네도 앞으로 논문을 발표하겠지만 안 읽어봐도 문제투성이일 거야. K군처럼 말이야. 도대체 요즘 대학원생들 왜 이래?"

K의 논문발표는 그렇게 끝났습니다. 한 가지 기이한 것은 K가 논문발표를 끝내면서, 자신의 지도교수에게 한 다음과 같은 알 듯 말 듯한 말이었습니다.

"그래도 지구는 돌겠죠."

그 말은 중세의 신학적 세계관을 정면 부정하고 지동설을 주장해 종교재판에 회부되었던 갈릴레오의 최후의 전언이었습니다. 물론 그 자리에서 한 말은 아니고 집에 와서 한 말이지만요.

한 편의 논문을 발표하는 일이, 프로이트라는 한국에는 전혀 관심이 없었던 이방의 정신분석학자의 논의를 활용하는 일이 이곳에서는 그렇게 힘든가 봅니다. 프로이트가 이 사실을 알면 무덤에서도 귀가 간지러웠을 겁니다.

여기서 모 대학이 어디이며 A, B 교수가 누구라는 것은 형도 잘 아시리라 믿어집니다. 물론 I는 납니다. 왜 나는 그 자리에서 역시 솔직하지 못했을까? 나는 지금 조교실 컴퓨터 앞에 앉아 후회하고 있습니다. 나 자신의 이중성에 대해 혐오하며 다시 한 번 절망하고 있습니다. 논문발표회가 끝난 뒤 언제나처럼 저녁 식사 자리가 이어졌지만 모두가 말을 조심하는 분위기였기에 술자리는 길어지지 않았습니다. 그리하여 지금 이렇게 맑은 정신에 다시 학교로 돌아와 나만의 시간을 가질 수 있는 것인지 모르겠습니다.

지난번 《말》지의 김진현 기자가 나보고 솔직하지 못하다고, 그때 왜 기사화될 수 있었는데 발을 뺐느냐고 물었지만, 아마 그때의 심정도 지금과 다르지 않았을 겁니다. 우리 사회에서 학교를 떠나서 학문을 하는 일은 불가능한 일입니다. 학적 토대 없이 연구하고 발표하는 것은 공허한 메아리에 지나지 않겠죠. 내게는 무엇보다 학문의 자리가 필요했습니다. 김윤식 교수의 논문이 외부로 알려지고 기사화하겠다는 신문이 나섰던 그 즈음, 나는 내 생각과는 너무도 다른 세상의 복잡한 이면을 보고 있었습니다. 그때의 내가 어렸다고 하는 점은, 오히려 나는 그때 나의 은사들이 왜 내게 이런 반응을 보이는지 전혀 이해할 수 없었다는 것에서 찾을 수 있을 것 같습니다. 육면체의 주사위를 던졌을 때 제로라고 하는 전혀 예상치 못한 반응이 나왔을 때처럼 나는 당황하지 않을 수 없었습니다. 나는 당시도 학과의 잡무를 처리하고 학비를 버는 조교였고, 앞으로 학위를 받고 졸업해야 할 대학원생이었습니다. 더 고백하자면 나는 그 이전에 지도교수로부터 얼마간의 연구비를 받은 적이 있었습니다. 물론 당시는 학교의 조교도 아니었습니다. 그 돈은 내가 아무런 벌이도 없이 석사논문을 쓰고 논문집을 펴내야만 하는 시점에 제작비에 보태라며 건네준 돈이었습니다. 큰 액수도 아니었고 그저 그분이 원생들 몇몇에게 가끔 저녁을 살 때 쓰는 정도의 액수였기에 거절하여 무안을 주기보다는 받아들여 신뢰감을 쌓는다는 기분으로 응했던 것이었습니다. 평소의 그분은 내게 남다른 관심을 보였고 함께 문학공부를 하는 사람으로서 그 어려움을 자신도 잘 알고 있다며 선생이 아닌 선배로서의 애정으로 주는 것이라고까지 말했기에 흔쾌히 받아들일 수 있었던 것입니다. 그랬는데 그분이 그 일이 불거지자 내게 말했습니다. "넌 아비도 죽이려 하느냐? 계속 그러면 널 학문적으로 아주 매장시켜 버릴 수도 있어."

자판을 두드리다 보니 이야기가 격해져 버렸습니다.

우울한 날입니다. 되풀이된 형의 출판 제의 받아들입니다. 수경 선배도 써놓은 원고들 책으로 내는 걸 두고 과민반응할 필요 없다고 합니다. 꼭 그래서라기보다는 저도 좀 주체적으로 살아보려 합니다. 변덕스러운 후배의 원고, 그것도 석사과정 논문들을 책으로 출간해 주겠다는 형에게 고마워해야 할 터인데 오히려 잘난 체만 하고 있으니 미안합니다. 이해해 주리라 믿어요.

질풍노도와 풍찬노숙으로 점철된 20대의 통과제의가 되나요, 이 책은…… 괜찮다면 책 제목은 '타는 혀'가 어떨까 합니다.

이인서 씀

밀회의 끝

류성문은 전화벨 소리에 눈을 떴다. 여기가 어디였더라? 짧은 순간 아득했던 공황상태가 지나고 이내 현실로 돌아온 류성문의 빈 가슴에 한혜원이 알몸인 채로 누워 있었다. 류성문은 손을 뻗어 머리맡의 수화기를 집어들었다.

"쉬었다 가실 거면 방 비워주셔야 되는데요."

스물도 안 된 남자아이의 퉁명스러운 목소리였다. 알았습니다, 하고 말하고 류성문은 수화기를 내려놓았다. 가슴에 불쾌함이, 그러나 뭐라 말할 수 없는 모멸감이 쓴 물처럼 남았다.

"뭐래요?"

한혜원이 잠에 취한 목소리로 물었다. 낮시간의 비밀스러운 밀회와 섹스에 흥분했었는지 둘은 서로에게 충분히 만족했고 행위 후 누가 먼저랄 것도 없이 잠에 빠져들었다. 짧은 시간이었지만 깊은 잠이었다.

"나가야겠어."

류성문이 말하고 한혜원을 밀치듯 가슴에서 떼어냈다.

"난 더 있고 싶은데."

한혜원이 코맹맹이 소리를 내며 류성문의 빈 가슴에 다시 안겨왔다.

"어허."

류성문은 말은 그렇게 하면서도 별수 없이 그런 한혜원을 품듯이 안았다.

"고마워요, 선생님. 다시 한 번 축하하구요."

류성문은 아무 말도 하지 않았다. 류성문의 책 출간을 축하하겠다며 한혜원이 고집해 마련한 시간이었다. 그러나 한혜원을 더 기쁘게 만든 것은 다음 학기 강의를 맡게 된 데 있었다. 물론 류성문이 힘쓴 결과였다. 류성문은 박사학위까지 받고도 아직 변변한 강의 하나 맡지 못해 학교 도서관에 나오고 있는 한혜원의 선배들이 신경쓰이긴 했지만 몇 군데 줄을 대어 이번 학기로 석사논문을 마친 한혜원의 강사 자리를 알아봐주었던 것이다.

"그래. 자 나가자."

류성문은 빨리 방을 비워주지 않으면 무슨 봉변이라도 당하는 건 아닐까 싶어서 어서 이곳을 나가야 한다는 생각만이 머릿속에 가득했다. 이럴 줄 알았으면 하룻밤 숙박료를 지불할

걸 그랬다는 낭패감이 고여왔다. 쉬었다 가실 거죠? 묻던 아이의 여드름 돋은 얼굴이 떠올랐다. 당연한 듯 아주 익숙하게 그렇게 물어오는 바람에 류성문은 더 이상 무얼 생각할 겨를도 없었다. 쉬었다 가는 것과 자고 가는 것의 차이를 류성문은 기실 잘 알지 못했다. 열쇠를 받아 계단을 밟아 오르면서야 이전에는 밤시간에 와서 당연한 듯 숙박을 했었다는 것을 기억했고 그제서야 그 차이를 어렴풋이나마 알 것 같았다.

류성문은 한혜원의 등을 몇 번 토닥여주고는 일어나 옷을 챙겨입기 시작했다.

"먼저 나가서 차에 있을게."

캐시밀론 이불로 가슴을 가리고 앉은 한혜원이 고개를 끄덕였다. 그녀에겐 약간의 시간이 더 필요할 터였다.

모텔 밖은 어느새 어둠이 내려앉아 있었다. 류성문은 주차해 둔 차 안으로 들어갔다. 그곳에선 강변이 내려다보였다. 북한강 지류였다. 어둠 속에 펼쳐져 있는 강의 수면을 눈으로 좇으며 자신의 시선이 가 닿을 수 있는 저쯤에 두 강이 만나 어우러지는 두물머리가 있다는 것을 류성문은 알고 있었다. 연애시절 아내와 몇 번 온 적이 있는 곳이었다. 아내. 류성문은 찔끔해져서 고개를 저었다. 이래서는 안 되는 건데. 류성문은 그런 생각을 하고 있는 자신이 혐오스러워져서 쓴웃음을 지었다.

조수석의 차문이 열리고 한혜원이 몸을 들여놓았다. 나이

보다 훨씬 앳돼 보이는 한혜원이 어느새 순진한 학생의 얼굴로 돌아와 류성문을 바라보며 웃고 있었다.

"가요, 선생님."

류성문은 꺼두었던 핸드폰을 켰다. 문자메시지가 하나 남아 있었다. 허구 교수로부터였다. 류성문은 전화를 넣을까 하다가 그만두었다. 팔당댐이 있는 강변로로 갈까, 구리와 미금시를 통과해야 하는 시내 쪽 길로 갈까 잠깐 생각하다 류성문은 구리 쪽을 택해 차선을 변경했다.

"어머, 여기 정말 영화촬영장이 있네."

한혜원이 촬영장 가는 표시판을 보고 신기해하며 물었다.

"선생님은 아셨어요?"

"물론."

"가보셨어요?"

"당근이지."

류성문은 한혜원과 대화할 때면 젊어지는 듯한 자신을 느꼈다. 요즘 애들은 왜 이런 말을 쓸까? 의아해했으면서도 어느새 자신도 그렇게 말하고 있었다.

"좋죠? 근사하겠다. 이런 한적한 곳에 강이 있고 산이 있고, 누군지 선견지명이 있었네요. 이런 좋은 장소를 택했으니."

류성문은 웃었다.

"어쩌지, 그 반대니."

"무슨 소리세요?"

"우리나라 탁상공론의 전형이야. 영화에 기본 상식도 없는 사람이 백년대계라며 일을 벌여놓은 거지."

"예?"

"영화 제작에 있어 가장 중요한 게 빛과 물이거든. 빛은 촬영에 절대적인 거고, 물은 필름 현상에 없어서는 안 되는 거지. 근데 이 바보들이 별로 좋은 빛이 들어올 거 같지도 않은 산속에다 촬영소를 세우고 절대적으로 필요한 물을 사용할 수도 없는 곳에 현상소를 붙여놓았으니 여길 누가 사용하려 하겠어?"

"여기 물 많잖아요."

"물은 있는데 쓸 수 없는 물이란 말야. 여기 상수원 보호지역이거든."

한혜원이 그제서야 알겠다는 듯 고개를 끄덕였다.

"아아, 듣고 보니 그렇구나. 어쩜."

한혜원이 대단한 걸 깨닫기라도 한 듯 류성문을 호감 어린 눈으로 바라보다 운전하고 있는 그의 뺨에 키스했다.

그때 류성문의 핸드폰이 울렸다. 류성문은 한 손으로 핸들을 잡고 핸드폰을 받았다.

"난데, 지금 어디 있는 거야?"

허구였다.

"왜?"

"하루 종일 연락이 안 되던데."

"무슨 일이야?"

"오늘 학교로 좀 들어올래?"

"학교? 어느 학교?"

"어디긴, 우리 학교지."

허구가 이야기하는 '우리 학교'는 자신들의 모교를 말하는 것이었다.

"무슨 일 있어?"

"아직 잡지 못 봤지? 선생님이 곤란을 겪게 되셨어. 자세한 이야기는 만나서 하기로 하고, 어쨌든 내 제자 중에 이인서라고 있잖아, 그 녀석이 또 일을 저지르고 다니나 봐."

"그건 이미 다 끝난 얘기잖아."

류성문은 문학평론을 하는 그 젊은 친구의 얼굴을 떠올리며 그렇게 말했다. 김윤식 선생님의 표절 문제를 제기한 논문으로 분란을 일으켜서 허구가 중심이 되어 몇몇이 무마시켰던 일이었다.

"그런데 월간 《말》에서 녀석을 인터뷰까지 하면서 특종이니 어쩌니 떠들어놨어. 선생님께서도 난감하신 것 같아."

류성문은 대충 무슨 소린지 알겠다며 만나서 이야기하자고 말하곤 통화를 끝냈다.

"무슨 일이에요?"

한혜원이 물었다.

"어린 친구가 또 천방지축 나대나 봐. 혜원인 이인서라는 친구 어떻게 생각해?"

"평론하는 그분요? 개인적으로는 몰라도 가끔 글은 읽었는데, 꽤 잘 쓰던데요. 그 사람이 무슨 문제 있어요?"

류성문은 고개를 끄덕였다. 허구가 처음에 상당히 뛰어난 친구라며 몇 번 화제 삼아서 류성문은 글보다 먼저 그를 알았다. 젊은 날 자신의 패기를 보는 것 같아 첫인상도 나쁘지 않았다. 다시 만날 일도 없었고 요즘처럼 중앙의 지면에 글이 실릴 기회도 드물어서 그 이후 그냥 잊혀져가던 친구였다. 그런데 어느 날 김윤식 선생님이 이인서라는 이를 아느냐고 물었다. 잘은 모르지만 한번 만난 적은 있다고 말하자, 그가 쓴 논문을 내놓으며 꽤 재능 있는 친구라며 한번 읽어보라는 것이었다. 그때 류성문도 조금 놀랐다. 근대성의 문제에 대한 선생님의 견해를 깊이 있게 이해하지는 못했지만 자신도 알지 못했던 선생님의 표절건을 언급하고 있었던 것이다. 류성문은 할 말이 없었다. 선생님이 정말 표절을 하신 겁니까? 물을 수는 없는 것이었다. 아니 저분이 어떤 분인가? 평생을 한국 문학을 위해 몸바쳐 왔고 언제나 후학들에게 학문하는 자세가 어떤 것인지를 몸소 실천해 보여온 분이었다. 어려운 제자들에겐 사비를 털어 학비와 책값을 보태주기까지 하던 분이었다. 그런데 이제 서른도 안 된 젊은 친구가 선생님의 평생 업적에 오점을 남기려 하고 있었다. 류성문은 솔직히 그런 친구가 벌써부터 선생님의 학문세계가 어쩌니 저쩌니 언급하는 것조차 어처구니가 없었다.

"어린 친구가 너무 정치적인 것 같아."

류성문의 말이었다.

"무슨 소리세요?"

한혜원이 물었지만 그런 일이 있다며 류성문은 입을 다물었다.

뒤늦게 월간잡지의 특종기사라니, 《말》지라면 한때 자신도 애독자였을 만큼 이념성이 짙은 정치성향의 잡지였다. 어떻게 그런 곳에서 이런 문제를 특종이라고 다루었을까 싶은 생각이 들다가 류성문은 언젠가 허구가 그 일을 무마하고 자랑스럽게 떠벌리던 일에 생각이 미쳤다. 허구는 그때 자신이 국내 일간지의 문화부 기자들을 다 만나서 입막음을 해놨으니 걱정하지 말라는 말을 했다.

"기자애들 다 내 후배들이야. 김 선생님 강의를 한 번이라도 듣지 않은 친구들이 없더란 말이지. 김 선생님이 어떤 분인데 그런 어린 친구의 장난질에 자신들이 현혹되겠느냐고 오히려 날 안심시키더만."

약간의 허풍이 깃들어 있을 수도 있지만 허구의 그 말대로라면 그 잡지엔 우리 학교 후배가 한 명도 없다는 이야긴가, 그래서 뒤늦게 요란을 떨고 나온 건가? 그런 생각이 들면서 류성문은 쓴웃음이 나왔다. 무엇보다 일을 확대해석하고 행동보다 말이 앞서가는 스타일리스트 허구의 전언이고 보면 별 문제는 아니겠거니 여겨지긴 했지만 어쩐지 마음이 무거웠다. 추석 때 찾아뵌 선생님의 기력이 이전보다 떨어져 보여 안타까웠는데 괜한 일로 또 마음고생을 하시는 것은 아닌가 걱정스럽기도 했다.

"무슨 생각을 그렇게 하세요?"

한혜원의 채근에 류성문은 생각을 멈추었다. 어느새 차내엔 유키 구라모토의 피아노 음악이 흐르고 있었다. 언젠가 혜원이 가져다놓은 테이프였다.

"전화 받은 후부터 선생님 표정이 어두워지신 것 모르죠?"

"그랬나?"

차는 이제 미금 시내를 통과하고 있었다.

"혜원인 신경숙 소설을 좋아하나?"

류성문이 불쑥 물었다.

"그럼요. 『풍금이 있던 자리』 나올 때부터 아, 이 사람 뜨겠구나 싶었는데. 어쩌면 그렇게 언어를 예쁘게 다룰 수 있는지, 참 부러워요."

한혜원의 말을 토막치며 류성문이 물었다.

"표절 사태도 아나?"

"물론 알죠. 요즘 네티즌들 사이에서 한창 시끄럽잖아요. 그렇지만 속 내용은 잘 모르겠어요. 신경숙 씨가 표절했다는 게 믿기지 않고요. 혐의를 제기하는 사람들 보면 너무 심한 거 아닌가 하는 생각을 해요. 누구 잘되면 꼭 딴지 거는 치들 있잖아요. 그런 거 아녜요?"

"글쎄? 누군가의 유고집을 소설화했다는 것은 작가도 인정한 바니까 전혀 혐의가 없다고 할 수는 없겠지. 그렇지만 그걸 표절이라고 봐야 할지는 다른 문제겠지."

"맞아요. 생각났어요. 아까 이인서 씨 이야기 했잖아요. 그 사람이 이 내용에 대해 쓴 글이 있었어요. 혹시 아세요?"

"아니, 뭐라고 해놨는데?"

"표절은 문화적 자본이 열등한 사람이 보다 우월한 자본을 소유하고 있는 사람의 자본을 도용하는 행위다. 한 작가의 표절 행위는 작가 개인의 윤리의식의 결여에서 비롯된 것이기는 하지만, 그것으로는 완전하게 설명할 수 없다. 개인의 윤리의식을 넘어 보다 넓은 지평에서 표절의 문제를 다룰 수 있지 않겠는가? 이를테면 타인의 저작 혹은 구미의 저작을 표절할 수밖에 없는 한국 사회의 '문화의 빈곤'에서 그 한 이유를 찾을 수 있지 않을까? 뭐 그런 얘기들요."

"혜원인 어떻게 그렇게 그런 내용을 다 외우고 있지?"

류성문은 조금 놀라 자신도 모르게 묘한 질투심까지 느끼며 물었다.

"외우고 있는 게 아니라…… 이인서 씨는 글을 참 쉽게 쓰는 거 같아요. 아니, 글은 쉽지 않은데 전달하려는 내용이 명확한 거 같아요. 그래서 그 사람 글을 좋아하는데, 이런 말도 했던 것 같아요."

"……?"

"현철이 서태지의 〈난 알아요〉를 부른다고 서태지가 되는 것은 아니다. 문제는 자기만의 언어가 있느냐는 점이다. 진정한 작가는 타인의 어법과 뉘앙스를 빌린 '앵무새의 언어'가 아닌 자신만의 언어를 사용해야 한다. 그런 얘기를 하면서 문제는 표절이 아니라 정신의 식민화다, 라는 표현을 썼어요. 이제는 한 작가가 다른 작가의 저작을 베꼈다는 차원에서의 논의보다 그러한 정황을 산출케 한 의식의 발생론적 기원을 탐구하는 데까지 나아가야 하지 않겠는가, 이런 이야기요."

류성문도 이인서의 말이 틀린 말은 아니라는 생각을 했다.

"그런 말을 이미 그 친구가 다른 곳에서 했단 말이지?"

"그럼요. 그 사람 요즘 글 많이 쓰는 것 같던데."

류성문은 고개를 끄덕이며 물었다.

"혜원인 혹시 김윤식 선생님 표절건도 들어본 적 있나?"

"김윤식 교수요? 설마, 그럴 리가 있나요? 정말이라면 그건 사건이네요. 김윤식 교수도 표절했대요?"

류성문은 뭐라 설명하기가 힘들어 다시 입을 다물었다. 류성문의 머릿속에 이인서를 처음 만나던 날의 풍경이 선명히 떠올랐다. 허구가 자신을 찾아오면서 왜 그를 데리고 왔는지 잘 이해할 수 없었지만 그가 학과장을 맡고 있는 과의 조교라니까 그럴 수도 있겠거니 했다. 그런데 그 분위기가 묘했다. 유능한 인재라며 그를 자신에게 소개할 때는 언제고, 잠시 후 음식이 나오자 그를 다른 테이블로 옮겨가라고 하는 것이었다. 그가 무안해할까 봐 류성문이 나서서 괜찮다며 같이 먹자고 했지만 허구는 막무가내였다. '스승과 제자는 한 상을 쓰는 게 아냐.' 허구의 말엔 분명 장난기가 담겨 있었지만 당하는 사람 입장에서는 대단히 모욕적인 언사였다. 이인서가 '두 분 하실 말씀도 있을 텐데 그러는 게 좋겠다'고 웃으며 음식그릇을 들고 일어섰지만, 그가 자신의 자리로 돌아가 음식에 거의 손도 안 댄 것을 류성문은 알고 있었다. 조금 있다가 둘이 할 얘기가 있어서였기도 하겠지만, 허구에게 왜 그랬냐고 좀 심한 거 아니냐고 하자, 허구의 말이 또한 걸작이었다. '괜찮아, 류 교수도 알잖아. 우리 땐 더했잖아. 나도 그러면서 공부했고.' 그럴 때의 허구를 보면 친구인 류성문도 이해하기 힘들었다.

"김윤식 교수라고 하면 문학평론을 하는 사람인데, 그건 소설처럼 창작품도 아닐 테고, 확인만 된다면 그건 명백한 거겠네…… 그 병원이네요."

한혜원이 차창 밖을 내다보며 말했다. 그녀의 말대로 차는 어느새 구리 시내를 거쳐 박 교수의 노모상을 치렀던 대학병원을 옆으로 두고 달리고 있었다.

내가 누구인지 말할 수 있는 자는 누구인가

거리는 많이 변해 있었다. 건널목에서 신호가 바뀌길 기다리고 있는 정세진의 눈으로 얼마 전 개통된 서강대교를 지시하는 표지판이 보였다. 원래의 2차선 본도로 옆으로 4차선 도로가 일직선으로 시원스레 뚫려 있었다. 신촌과 여의도를 잇는 도로인 셈이었다. 건널목을 건너 주택가 길로 접어들자 그곳만큼은 아직 이전의 모습을 완전히 지워버리지 못하고 있었다. 고물상과 페인트가게, 철물점, 약국이 있는 풍경이 눈에 익었다.

"차 가져오지 말고 택시기사한테 302번 종점 가자 그러면 될 거야. 강변 쪽에 있는 그 카페, 언젠가 한번 간 적 있잖아. 그 건물 5층이야, 자인이라고……."

지우형의 설명에 기대어 그쯤 어딘가에 있으려니 짐작한 곳을 향해 세진은 걸음을 재촉했다. 약속시간보다 조금 늦어 있었다.

카페는 역시 어림짐작한 그곳에 있었다. 'sein'이라는 간판을 매달고 있는 베이지색 7층 건물은 강변을 면하고 있었다. 통유리로 이루어진 엘리베이터로 내려다보이는 강변로 위로는 퇴근 시간이 되어서인지 벌써부터 차량들의 거북이걸음이 시작되고 있었다.

타고 올라간 엘리베이터 문이 열리자 바로 홀이었다. 실내엔 귀에 익은 음악이 흐르고 있었다. 올해 최고의 화제작, 한석규 최민식 주연의 〈쉬리〉 주제곡, 〈웬 아이 드림〉이었다. 정세진이 그 선율을 인식하는 것과 동시에 저쪽에서 지우형이 손을 드는 게 보였다. 전화통화는 자주 했지만 얼굴을 대하기는 오랜만이었다.

지우형은 서강대교가 한눈에 들어오는 창가의 소파에 앉아 있었다. 정세진은 지우형의 앞자리에 앉았다.

"편하네."

소파는 온몸이 푹 잠길 정도로 쿠션이 깊었다.

"우리 직원들이 자주 오는 곳인가 봐. 덕택에 나도 몇 번 와 봤지."

"잘나가는 출판사 직원들이라 노는 물도 다르구나."

지우형이 근무하는 출판사가 인근에 있었다. 한 5년쯤 전에 그의 출판사를 찾은 적이 한번 있었다. 그때도 층수는 달랐지만 이 건물 안의 카페에서 차를 마셨었다.

"여전하구나, 너 빈정대는 거."

"분위기가 괜찮네, 너무 젊은 분위기도 아니고."

"택시 잡기는 괜찮았니?"

지우형도 소파에 몸을 묻으며 물었다.

"걸어왔어."

정세진이 대수롭지 않다는 듯 대답했다.

"왜?"

"그냥, 그러고 싶어서."

걷는 것을 좋아하는 정세진의 버릇을 조금 아는 지우형은 그러려니 고개를 끄덕였다. 둘은 중학교 동창으로 고향 친구였다. 지우형은 중학교 2학년 때 배구 경기를 좋아하는, 그것도 여자배구 경기 보는 것을 좋아하는(실제로는 세터를 보던 한 팀의 여 선수에게 반해서였지만) 세진의 꼬임에 넘어가 서울의 장충체육관을 처음으로 구경할 수 있었는데, 경기가 끝난 뒤 그곳에서 기차역이 있는 성북역까지 걸은 적도 있었다. 서울 지리를 거의 몰랐던 지우형은 그냥 따라 걸었던 것인데, 세진에게 이유를 묻자 '그냥 차를 타고 싶지 않아서'라고 짧게 대답했을 뿐이었다.

그 정도는 당연히 아니었지만 세진의 사무실에서 이곳까지는 버스로 대여섯 정거장 정도니까 걷기에 그리 녹록지만은 않은 거리였다.

"그럴 줄 알았으면 내가 그리로 갈 걸 그랬나?"

"아냐, 좋은데 뭘."

"맥주 할까, 양주 할까?"

지우형의 물음에 세진은 아무거나 괜찮다고 대답했다.

독주를 좋아하는 세진의 술 취향을 아는 지우형은 더 이상 묻지 않고 주문을 받으러 온 아가씨에게 시바스 리갈 한 병과 저녁을 겸하자며 안주로 스테이크를 시켰다.

"요즘 어때? 책은 잘 나가?"

지우형이 세진에게 물었다.

"무슨 말을 듣고 싶냐? 니 앞에서 내가 앓는 소리라도 하랴?"

"요즘 다 어려운데 뭘."

"너네가 그러면 믿을 사람이 누가 있냐? 너네 신간 나올 때마다 발문이며 추천글 써주던 류성문 씨 책 나온 것 봤다. 그것도 신문 광고를 치니, 도대체 그놈의 출판사는 그래서 남긴 하는 거야?"

지우형이 여유 있는 미소를 지었다. 그러나 입을 통해 나오는 말은 꼭 그런 건 아니었다.

"두발자전거 같은 거야. 페달을 안 밟으면 쓰러지는 걸 어떡하겠냐."

"그래서 하는 말이야. 그런 짓을 왜 하는지…… 결국 지금의 그런 행태가 출판계 전체를 죽이는 독이 될 거야. 너네 책 광고 보니까 이젠 아예 전면 컬러 광고를 치더구나. 얼마 전 그렇게 광고 쳐서 베스트셀러 1위 된 책, 그거 나도 봤다. 솔직히 그걸 그렇게까지 해서 팔아야 할 책인가? 너희 사장한테 좀 적당히 하라 그래. 그런 광고에 현혹돼서 책을 사보고 최소한 그중의 몇천 명이 속았다는 생각을 들게 만든다면, 그건 그 광고를 친 당사자만 부메랑을 맞는 게 아니라 출판계 전체가 맞게 될 거야. 그 사람들이 다시 서점으로 나와 책을 사게 만들려면 또 한참의 시간이 소용되지 않겠어? 난 말야, 정말 너네처럼 그런 책들을 새로 나온 냉장고나 승용차 광고하듯이 포장해서 독자들을 현혹하는 것 볼 때마다 광화문 한복판에 나가서 피켓시위라도 하고픈 심정이야."

"뭐라고 외칠 건데?"

"당신들의 감동은 위험하다, 당신들은 속고 있다 하고 말야."

"니가 거짓말쟁이 양치기냐? 늑대 왔다고 소리치는?"

"양치기는 내가 아니라 너네 같은 출판사라니까."

정세진이 조금 흥분해서 말했고 지우형은 여유 있게 그런 그의 말들을 받아주었다. 그래도 결국은 출판도 상품이라는 말, 자본주의 경쟁 속에서 재미있는 책을 재미있다고 알릴 수 있는 방법이 따로 있겠느냐, 내가 하지 않으면 결국 누군가가 그렇게 할 것이다. 어찌 되었건 그건 독자들이 판단할 몫이라는 이야기 등등 할 말은 없지 않았지만 그건 접점을 찾을 수 없는 논쟁이 될 터라는 걸 지우형은 모르지 않았다.

그사이 술과 안주가 도착해서 대화는 중단됐다. 정세진은 그제서야 오늘은 이 친구가 무슨 할 이야기가 있어서 만나자고 했을 텐데 괜한 문제로 먼저 흥분했구나 싶어져서 그 문제에 대해서는 입을 다물었다.

지우형이 스테이크를 썰며 문득 옛날 이야기를 끄집어냈다.

"그러고 보니 너 인도 가기 전에 그곳에 가면 못 먹게 될 테니 뱃속에라도 넣어가자고 배터지게 등심 밀어넣고 다음 날 설사하고 난리난 적 있었잖아. 세월 빠르다. 그게 벌써 언제야?"

"이 친구, 말은 똑바로 해. 설사한 건 너고, 괜히 그 핑계로 등심 등쳐먹은 것도 너잖아. 난 그때나 지금이나 채식주의자야. 열혈분자는 아니더라도."

둘은 웃었다. 정세진은 다니던 직장을 그만두고 한동안 인도를 다녀왔다. 그곳 대학에 있는 친구의 초청 형식으로 건너가 6개월 정도를 머물렀다. 그때만 해도 정말 이 나라를 떠나버릴까 진지하게 고민하던 시기였다. 출판사를 직접 운영하기 시작한 것은 인도에서 돌아와서였다.

"근데 인도라는 나라가 정말 채식의 나라긴 하디?"

양주에 얼음 몇 덩이를 띄워 세진에게 건네며 지우형이 물었다. 지우형은 언제나 그런 세심함이 몸에 배어 있었다. 이런 친구가 왜 아직 연애도 못하고 혼자일까, 정세진은 뜬금없이 그런 생각을 하며 잔을 받았다.

"아냐, 그런 건. 인도가 사실 소를 숭배하는 나라이긴 하지만 채식주의자는 그리 많지 않아. 쇠고기를 안 먹는 이들도 단지 힌두교도와 브라만들 일부일 뿐이지. 그들도 비공식적으론 크게 다르긴 하겠냐만, 아무튼 대부분이 고기를 먹는다더라. 남부지역 사람들이 쇠고기를 잘 먹지 않는 것도 딱히 종교적인 이유 때문이 아니라 그 유용성 때문이래. 소는 농사일을 돕고 짐을 나르는 실제적인 노동력의 원천인 동시에 우유와 버터, 치즈 등 유제품의 생산원이기도 하니까 귀히 여기는 거지. 눈앞의 허기를 지우기 위해서 씨앗 감자며 고구마를 먹지 않던 우리네와 같은 이치라고 보면 돼. 인도에선 오히려 고기보다 술을 구하기가 힘들었어. 오랜만에 만난 친구인데도 마음 놓고 술 한 잔을 마시기가 쉽지 않았으니까."

"너 같은 술꾼이 힘들었겠다."

"글쎄, 생각처럼 그렇게 술이나 음식에 신경이 쓰이지는 않았던 것 같아."

분위기는 이제 온전히 원점으로 돌아와 있었다. 몇 잔의 술을 비우는 동안 둘은 서로 약속이나 한 듯이 어둠이 내려앉기 시작한 창밖의 도로와 서강대교 밑으로 유유히 흐르는 한강과 그 너머 여의도의 국회의사당 건물 등속을 내려다보았다.

"요즘 어때? 신간은 준비하는 게 있어?"

지우형이 물었다.

"이제 한 권 막 인쇄소에 넘겼어. 이틀 후면 나올 거야."

"무슨 책인데? 너 얼마 전에 통화했을 때 그런 얘기 없었잖아."

"그렇게 됐어. 시의성도 있어서 좀 서둘렀어. 완벽한 원고라 특별히 시간을 요하지도 않았구."

"뭔데? 이번엔 좀 팔릴 책이야?"

"아니, 그렇지만 의미는 있는 책이야."

"넌 언제나 그러더라. 세상에 의미 없는 책은 없어."

"알았어. 관두자. 문학비평서야. 류성문보다는 어린 친구지만 꽤 재능 있는 친구지. 이인서라구."

"이인서, 알지. 요즘 신문지상에서 가끔 봤어. 그렇지만 아직 어리잖아. 벌써 비평집을 낸다? 너 또 자선사업 하냐?"

"그럴지도 모르지. 근데 혹시 너 이번 호《말》지 봤냐?"

"아니, 아직……."

아직이라고 대꾸는 하지만 지금 얘기하지 않으면 아마 그걸 영원히 보지 않을 거라는 걸 세진은 모르지 않았다. 특별한 경우가 아니라면 그런 잡지가 지우형 같은 친구의 손에까지 들어가기는 요원할 것이었다.

"그럼 김윤식 교수가 표절했다는 얘긴?"

"김윤식이? 문학평론 하는 교수 말야?"

"김윤식이 또 있냐?"

"설마?"

"그 설마를 보기 좋게 날려버린 논문이야. 세상이 조금 시끄러워질걸."

정세진은 지우형이 어떤 반응을 보일까 궁금했는데 그저 그럴 수도 있지 뭘, 하는 덤덤한 표정이었다. 세진은 맥이 풀렸다. 하긴 그 기사가 나가고 벌써 일주일 이상 지났지만 반응은 신통치 않았다. 대중적 영향력이 그다지 크지 않은 탓인지, 표절 자체가 별것 아니라고 보는 것인지 세상은 특별히 반응하지 않았다. 마치 지금의 지우형처럼.

"아무튼 잘됐으면 좋겠다."

그건 물론 잘 팔렸으면 좋겠다는 뜻이었다. 지우형의 얼굴엔 친구를 걱정하는 기색이 역력했다. 저번엔 『기자수첩』이라는 책으로 신문사 비리를 폭로해서 남는 것도 없이 언론과 척을 지더니 이번엔 또 무슨 책을 가지고 저러나? 그런 염려가 담겨 있었다.

세진은 지우형의 빈 잔을 채워주었다. 이제 술병이 반쯤 비워져 있었다. 그때였다.

"어, 웬일이야? 어서 와요."

지우형이 조금 놀란 표정을 지으며 누군가를 아는 체하는 소리에 정세진은 고개를 돌려, 어느새 그들의 테이블 옆에 선 한 아가씨를 올려다보았다. 여자가 목례를 해서 세진은 얼결에 인사를 받았다. 문득 어디서 많이 본 듯한 얼굴이라는 생각을 했다.

"죄송합니다. 방해하는 건 아닌지."

연하게 웨이브된 머리칼이 어깨 위에서 부드럽게 흔들리는 청바지 차림의 여자가 지우형의 옆자리에 앉으며 정세진을 보고 말했다.

"아니, 괜찮습니다."

갑작스러운 여자의 등장에 세진은 지우형을 바라봤다. 이 친구가 이런 식으로 여자친구를 소개하나? 그러기엔 나이 차이가 좀 있어 보였다.

"이쪽은 임수빈 씨라고, 우리 편집부 직원이야."

그제서야 세진은 긴장을 풀었다.

"아, 그래요? 반가워요. 까탈스러운 친구 밑에서 고생 많죠?"

임수빈이 살짝 웃었다.

"아, 생각났다. 그러고 보니까 알겠다. TV에서 봤군요."

"예?"

하하하, 지우형이 웃었고 그제서야 이해를 했는지 임수빈도 웃었다. 그럴 만큼 여자는 탤런트 고소영을 빼박았다. 잔이 날라져왔고 정세진이 임수빈에게 술잔을 권했다.

"이쪽에서 누구 만나기로 했어요?"

지우형이 물었고, 그런 지우형을 돌아보며 임수빈이 말했다.

"편집장님요."

"응?"

"아까 전화하시는 소리 듣고 여기로 가신다는 거 알았어요. 사실 제가 오늘 술이라도 한잔 사고 싶었거든요. 편집장님 그러고 나간 뒤 저도 기분이 꿀꿀했구요. 그래도 처음부터 합류하면 두 분 하실 이야기도 있을지 모르는데 너무 방해하면 안 될 것 같아서 지금 나왔어요."

듣고 있던 정세진이 오히려, 이 친구에게 무슨 일이 있었나 궁금해져서 임수빈의 말꼬리를 잡아 물었다.

"나도 그 화제에 동참 좀 합시다."

임수빈이 둘의 얼굴을 번갈아보았다. 당황한 표정이 역력했다.

"어머, 그런 이야기 나눈 것 아니에요?"

지우형이 말없이 자신의 잔을 들어서 천천히 입으로 가져갔다.

난감해하는 임수빈의 당혹감을 덜어주려는 듯 정세진이 말했다.

"두 사람 사귀는 것 아냐? 분위기가 심상치 않은데. 이거 졸지에 내가 불청객이 된 기분이야."

"이 친구가?"

지우형이 정색을 하며 세진에게 퉁을 놓았다.

"미안, 임수빈 씨 실례."

임수빈이 웃으며 받았다.

"우리 편집장님 매력적이잖아요, 사실. 전 처음에 회사 와서 별로 말도 없고 자기 일만 하고 그래서 왠지 얄미웠거든요. 윗사람이면 아랫사람에게 자상하게 가르칠 줄도 알아야 하는데 그런 것도 서툰 것 같구. 아무튼 꼰대같이 나이보다 고루한 생각쟁이 같아서 저런 사람이(죄송해요 편집장님) 어떻게 이렇게 샤프한 출판사의 편집장일까 싶었었는데, 차츰 지나면서 겪어보니까 참 괜찮은 사람이란 걸 알았어요."

듣다못한 지우형이 술기운까지 가세해 더 붉어진 얼굴로 말했다.

"임수빈 씨, 어른 데리고 노는 것 아냐. 제자리에는 돌려놓을 거지?"

하하하, 정세진은 유쾌하게 웃었다. 술자리는 둘에서 셋으로 바뀌면서 한결 활기를 띠어갔다. 세진이 보기에 임수빈은 호불호가 확실했고 자기표현에 거침이 없었다. 자신에 대한 애정이 확고해서 무엇보다 보기에 좋았다. 그 자리에 오게 된 이유가 지우형을 위로하기 위해서라는 말의 의미는 차츰 시간이 흐르면서 알게 되었다.

지우형은 서이명 씨의 원고로 고민하고 있었다. 작품도 일정한 수준에 올라 있었고 재능 또한 뛰어났다. 처음에 그 작품에 대해서만큼은 사장도 인정한 바였다. 약간의 오해도 있었지만 어떤 식으로든 책은 출간될 것이고 지우형이 서이명 씨의 아내하고 나눈 약속도 지켜질 수 있을 것 같았다. 작가에게 내세울게 전혀 없다는 것이 가장 큰 약점이라고 인식하고 있던 사장은 다양한 방면으로 조언을 구하는 눈치였다. 자신이 잘 아는 출판사에서 내는 잡지를 통해 등단을 시킬까도 생각했고, 급기야는 아예 자신의 출판사에서 문학상을 제정해 수상을 하는 것은 어떻겠냐는 제안도 했을 정도였다. 그랬던 사장이 어느 순간 급변했던 것이다. 일본에서 돌아오고도 며칠이 지나도록 별다른 지시가 없어서 지우형이 묻자 사장은 대수롭지 않다는 듯 말했다.

"아, 그 소설. 내가 얘기 안 했구나. 계속해서 마음에 걸렸는데, 류성문 씨도 그렇고 대부분 회의적이야."

"무슨 말씀이신지?"

"류성문 씨에게 한번 읽어보라고 줬었는데 등단도 안 한 친구고 소설 내용도 별게 아니라는군. 이 기자도 비슷한 반응이고. 내 생각에도 오히려 완전히 대중소설이면 모르겠는데 애매하단 말야."

"그런 한계는 어차피 지니고 시작한 거 아닌가요? 모르던 사실도 아니고."

"그러니까 말야. 좀 더 시간을 갖고 생각해 보자구. 안 내자는 건 아니니까."

그러나 지우형은 쉽사리 물러서지 않았고 아무런 결정을 내리지 못한 채 또 시간을 보내게 되었다.

그런데 급기야 오늘 오후 사장은 편집부 직원들 전부를 불러들여 각자의 의견을 듣는 시간을 가졌다. 평소답지 않게 한 작품에 대해 여러 사람들의 의견을 듣겠다는 사장의 생각은 지우형이 보기에도 괜찮은 것이었다. 지우형도 혹시라도 혼자만의 독단이 되지 않을까 싶어 직원들 모두에게 읽어보도록 했고 모두에게 좋은 평가를 받아둔 연후였기에 오히려 그 시간이 기대됐다.

그러나 정작 회의가 시작되었을 때 사장은 우선 명성 있는 문학평론가인 류성문의 독후감 따위를 예로 들며 회의적인 자신의 생각을 드러내곤 모두에게 이제부터 자신의 생각을 솔직히 이야기해 보라고 했다. 그러자 쭈뼛거리던 직원들은 처음 그들이 가졌던 생각에서 약간씩의 차이를 나타내기 시작했다. 예컨대 일본의 무라카미 하루키가 연상될 만큼 잘 읽혀서 좋다던 친구는 어찌 보면 하루키의 표절 같아 조금 꺼림칙한 측면도 있다거나, 한 권짜리 소설이니 제작비 부담도 없어서 좋겠다던 친구는 한 권짜리 소설이라 광고를 치기에는 부담스러운 측면도 있겠다는 식이었다. 그 가운데 임수빈만 애초의 소신대로 신선한 감각이 일반인의 구미에 맞을 수도 있겠다는 의견을 내놓았지만 대세를 뒤집기는 역부족이었다.

동료들의 반응까지 그러한 데는 지우형도 더 이상 할 말이 없었다. 사장은 결국 또 시간을 살피며 약속 때문에 나가봐야 하니까 좀 더 생각해 보자며 결론을 유보하고 회의를 끝냈다. 그러나 형식적으로는 유보된 셈이지만 실제적으로는 결론이 난 셈이었다.

“어떻게 생각하세요, 정 사장님은? 같은 사장님 입장에서?”

그간의 과정을 대략 이야기한 임수빈이 정세진에게 물었다.

“어렵네요, 사장의 입장이라면…… 그 소설을 읽어보지 않은 입장에서 말하긴 어렵지만, 그곳 사장님도 나름대로 고민을 많이 하신 것 같아 이해할 수 있을 거 같아요. 내세울 게 없는 작가의 소설을 내고서 시장 반응을 기다린다는 건 위험천만이긴 하죠. 경영자의 확신과 주변의 도움이 없다면 거의 실패할 겁니다. 등단을 하고 안 한 게 무슨 큰 차이가 있느냐 반문할 수는 있겠지만 그게 어찌 되었건 현실적인 힘이니까. 아까 얘기 속에 아예 상을 하나 제정해서 수상을 해버리자는 의견도 있었다고 했는데, 그만큼 사장님이 고민을 하신 흔적이 느껴지네요. 그래서 저 친구도 힘들어하는 거 같구.”

정세진의 말을 끊고 임수빈이 물었다.

"전 그것도 웃겨요. 그게 가능한 건가요? 엄연히 심사위원들이 있을 텐데, 상은 그들이 주는 거지 사장이 주는 건 아니잖아요."

"결국 사람이 하는 일이니까. 모든 사람살이가 정의로운 기준 아래 이루어진다고 생각할 만큼 순진한 분 같진 않은데, 임수빈 씨도?"

"뭐 그렇긴 해요."

"어찌 되었건 그건 역시 그쪽 사장의 입장이고. 뭘 중요하게 생각하느냐에 따라 이야기는 전혀 달라질 수 있죠. 그럼 상업적으로 성공하지 못할 책은 아예 출판조차 안 할 거냐, 하면 또 그렇진 않잖아요. 비슷한 전례가 생각나는데…… 이야기해도 되겠지?"

화제에서 비껴서 있는 지우형을 의식해 세진이 의견을 구하자 지우형은 테이블에 올려놓았던 두 손을 펼쳐 보이며 자긴 상관없다, 뜻대로 하라는 시늉을 했다. 세진이 말을 이었다.

"이전에 '내가 누구인지 말할 수 있는 자는 누구인가'라는 제목의 소설이 있었어요."

"저두 알아요. 그 소설 중학교 땐가 저두 사서 재미있게 읽었는걸요."

"조숙하셨네. 아무튼 당시 그 친구는 문학평론가로 더 필명이 알려져 있었는데 어느 날 소설 한 편을 써서 그동안 친분이 있던 출판사 사장에게 출판을 의뢰했던 겁니다. 사장이 읽어 보니까 소설이 재미있더란 말예요. 이미 베스트셀러를 수없이 내본 경험이 있는 사장이 보기에도 이건 될 것 같았어요. 그때 사장은 고민한 겁니다. 더군다나 그 친구는 문학평론가라는 이름도 포기하고 새로운 필명으로 책을 내길 원했거든요. 그 사장은 전혀 이름도 없는 신인의 이름으로 소설을 내봐야 결과는 부정적이라는 걸 아니까 그 친구에게 진지하게 제의한 겁니다. 솔직히 자신도 내주고 싶다, 그렇지만 이건 너를 위해서도 좋지 않다, 장편소설을 가지고 뒤늦게 등단이라는 절차를 거칠 수는 없고, 서둘지 말고 어디에서건 상을 받도록 해보자. 그러곤 당시 막 제정된 작품상 공모에 응모하도록 한 겁니다. 그리고 그 친구의 작품이 뛰어나서였는지 어떤지는 모르지만 정말 수상을 하게 된 겁니다."

"정말 짜구 친 고스톱일까요?"

임수빈이 호기심 가득한 얼굴로 물었다.

"설마, 그렇진 않았을 거라구 믿읍시다. 아무튼 그 작품은 당시 최고 액수의 문학상 공모의 제1회 수상작이라는 타이틀을 등에 업고 문학적 검증과 재미를 확보한 신세대 소설이라는 대대적인 신문 광고의 지원사격을 받으면서 그해 최고의 베스트셀러가 됐죠. 그때부터 일반인들의 뇌리엔 문학평론가로서가 아니라 소설가로서의 그의 이름이 선명하게 각인되기에 이른 거죠. 근데 문제는 이후에 발생해요. 시장에서 엄청난 판매를 이루고 있던 그 와중에 한 젊은 비평가에 의해서 뒤늦게 그 소설의 표절 문제가 제기된 겁니다. 그게 사실이라면, 그 공모전의 심사를 맡았던 심사위원들은 그야말로 우리 문단의 일급들이었는데 표절한 작품에다가 엄정한 심사와 공정성 운운하며 대상을 준 셈이니 긴장하지 않을 수 없었죠. 그런데 확인 결과 그 소설은 많은 부분 그때까지 우리 시장에서 잘 알려지지 않았던 일본 작가들의 문장이며 당시 잘나가던 여류 소설가의 문장 이곳저곳을 짜깁기해 만들어졌다는 것이 드러났어요. 그러자 그 소설을 쓴 친구는 이건 표절이 아니라 패스티시라는 새로운 기법이다, 라고 주장하면서 반발하고 나섰고, 심사위원들은 뒤늦게 유감을 표하면서 독자들에게 사과했지만, 그건 그야말로 문단 내에서만 이루어진 찻잔 속의 태풍이었을 뿐이죠. 멋모르는 독자들은 무슨무슨 상을 받은 신세대 최고의 소설 운운하는 광고만 확인할 수 있었을 뿐이고, 거기에 더해 패스티시니 뭐니 그전에 듣도보도 못한 새로운 기법의 소설이라더라 화제가 되면서 오히려 열광의 도를 더해갔던 거고. 출판사야 그러거나 말거나 이미 홍보적인 측면에선 궤도에 오른 상태니까 소설의 증쇄를 거듭하면서 그 추이만 지켜보고 있었던 거죠. 표절이면 어떻고 아니면 어떠냐, 독자들은 아무 상관도 않는데 자기들끼리 왜 저런다냐, 잘 팔리면 모든 게 용서되는 거야, 독자가 무슨 바본가 하면서 말예요. 소설을 쓴 그 친구는 이후 일약 스타가 되어 다음 소설부터는 나오는 족족 수십만 부가 팔려나가는 베스트셀러 작가가 된 겁니다. 물론 문학평론가로서의 생명은 그것으로 끝났지만."

임수빈이 놀란 표정을 숨기지 않고 말했다.

"어쩜…… 그럼 그렇게 상을 받도록 주선한 사장은 배아팠겠다."

"꼭 그랬던 것만은 아닌 게, 그 친구는 이후 다른 식으로 그 사장에게 보은을 하게 돼요."

"어떻게요?"

"사실 그 상은, 제정 당시 수상자의 세 번째 작품까지의 권리를 그 출판사가 가진다는 조건이 달려 있었거든요. 그런데 어찌 된 영문인지 다음 책을 낸 뒤 그 출판사는 옵션을 풀어주었고, 그 친구는 당연히 자신을 그 자리에 있게 만든 사장의 출판사로 옮겨가 다음 책을 냈을 뿐만 아니라 최연소로 대학교수로 특채되기 전까지 그곳에서 기획위원으로 한참을 일했죠."

"기가 막히는군요."

이야기가 끝나자 임수빈이 한숨을 토해냈다.

"그만해. 어찌 되었건 그것도 그 친구 능력이지 뭘."

지우형이 말했다.

"하여간 저 친구가 오히려 사장 같은 소릴 한다니까! 여하간 임수빈 씨 사장이 그렇게 애썼던 원고라면 너무 쉽게 포기하는 것 같다는 인상도 지울 수 없는데, 혹 다른 이유는 없을까?"

정세진은 친구를 돌아봤다.

"……?"

지우형은 문득 친구의 부탁으로 여고생의 소설을 출판했다가 표절 혐의에 휘말려 법정소송까지 갔던 일을 떠올리며, 사장은 그래서 더욱 조심스러워졌을지 모른다는 생각이 들었다. 그 소송건은 지우형이 나서서 변호사와 상의한 끝에 오히려 역으로 무고죄와 명예훼손으로 그들을 고발하겠다는 강경책을 씀으로써 무마시킨 일이었다. 변호사 말대로 그들은 자신들이 주장할 게 아무것도 없다는 걸 인식하곤 바로 소송을 취하해 버렸던 것이다.

잠깐 침묵한 끝에 유쾌하지 않은 그 기억을 떨쳐버리며 지우형이 갑자기 생각난 듯 말했다.

"아, 임수빈 씨도 서울대 출신이잖아?"

"예, 그렇지만 그 사람 잘 몰라요. 그분이 교수로 임용됐을 때 전 고등학생이었는데요 뭘."

정세진은 임수빈에게 김윤식 교수에 대해 물으려다 그만두었다.

빈 병을 들어 자신의 빈 잔을 채우려던 정세진은 술이 떨어진 걸 보곤 말했다.

"한잔 더 해야 되겠는데. 시간 괜찮으면 함께 자리 옮깁시다."

임수빈이 동의했고 셋은 자리를 정리했다.

타는 혀

정세진은 지난밤의 술로 아직도 얼얼한 머리와 끓어오르는 속을 간신히 달래며 김 과장의 보고를 받고 있었다. 신간인 『타는 혀』가 오늘 오후면 사무실로 입고된다는 것과 얼마 전 계약한 외서의 역자로부터의 전화 내용, 새롭게 보완해 판갈이하기로 한 『일본 대중문화』 개정판 건에 대한 진행 사항 등이 그것이었다. 정세진은 김 과장 앞에서 술냄새를 풍기지 않으려 애썼지만 뒷골을 때려오는 두통에 자신도 모르게 인상이 구겨지는 걸 어쩔 수 없었다.

"어제 술 많이 드셨나 보죠?"

"응 미안, 김 과장은 고생하는데 혼자 술만 마시고 다니고 있으니."

"아닙니다. 신간 때문에 최근 계속 야근하신 것 알고 있습니다."

"그런데 책이 빨리 나오네, 빨라도 내일이라고 그랬잖아."

"천 부니까, 제본소에서 다른 장통 걸리기 전에 먼저 마친다고 합니다."

김 과장이 하는 '장통'이라는 말은 만 부가 넘어가는 대량의 책을 제본하는 것을 의미한다. 기계에 세팅을 하고 작동을 시작하면 중간에 멈추는 것이 낭비이기에 그 책의 작업이 끝날 때까지는 다른 일을 할 수 없는 것이다. 천 부라고 해야 정작 제본기의 컨베이어에 올려지면 30분 남짓이면 마쳐지는 일이었다. 워낙 소량이라 거개 다른 일들에 밀려 늦춰지기 십상인데 그러한 작업 중간에 끼어든 모양이었다.

"직원을 빨리 보충해야 할 텐데, 김 과장 혼자 고생 많네."

"아닙니다. 이번에 《말》지 기사하고 표지 들고 도매상들 돌아다니면서 앞으로 시끄러워질 문제작이라고, 잘만 깔리면 당연히 팔릴 거라 그랬더니 반응들이 나쁘지 않았습니다. 요즘 표절 문제가 워낙 사회적 관심사니까 정말 김윤식 교수도 표절했냐고 되묻기도 하구요. 이런 반응이라면 초판을 소화하는 데는 문제없을 것 같습니다."

"다행이네. 그렇지만 이 책이 일반인들이 읽기엔 어려운 점이 있다는 걸 모르고 하는 이야기들일 거야. 그것까지 감안해서 배본계획 잡아보자구. 괜한 허수가 생기면 안 되니까."

실상 『타는 혀』는 일반 독자들이 읽기에는 무리였다. 그야말로 문학에 깊은 관심이 있는 학생들에게나 읽힐 만한 비평집이었기 때문이다. 아마도 서점 측은 김 과장의 '잘나갈 만한 문제작'이라는 과장된 언변과 잡지 기사만을 보고 지레짐작하고 있을 터였다.

"그렇게 반응들이 좋으면 우리도 베스트셀러라는 걸 한번 만들어보자구."

정세진이 웃으며 말했다. 그건 물론 농담이었다. 그냥 웃어넘겼으면 될 것을 김 과장의 얼굴이 심각해졌다. 그만큼 그는 순진했다.

"사실 요즘 인문서는 일주일에 50권 정도만 나가도 베스트 상위에 랭크될 수 있을 겁니다."

"그 정도로 책이 안 나가나? 심각하구만. 아무리 인문학의 위기라지만."

"책도 나오기 전에 벌써 기사가 나왔고 그만큼 내용이 폭발력이 있으니까 초기에 조금만 사재기하면 순위에 오를 수도 있을 것 같습니다."

"사재기? 요즘도 그런 거 하나?"

사재기란 출판사에서 대형서점의 베스트셀러 순위에 진입하기 위해 자신들이 출간한 책을 되사는 걸 말한다. 대형서점의 베스트셀러 순위를 신문이 받아쓰고 그것은 다시 전국의 서점에 영향력을 끼쳐 현재 독자들이 무슨 책을 많이 보는지를 판단하게 만드는 바로미터 구실을 하는 것이다. 당연히 지방의 서점들은 그걸 참고삼아 매장에 책을 진열하게 되고, 독자들은 그 책들에 우선 손이 가게 됨으로써 정작 출판사들은 그 순위에 아주 민감할 수밖에 없었다.

"요즘 베스트셀러에 올라 있는 책들치고 사재기 안 하는 책은 손에 꼽을 정도랍니다. 심한 경우에는 하루에 백 권 이상씩 사는 곳도 있다는데요."

"그거 정말 근거 있는 이야기야?"

"그럼요. 그렇게 사재기하는 영업부장한테 직접 들은 건데요. 거기 아르바이트생이 30명이래요."

"아르바이트생?"

"사재기하는 학생들이요."

"음!"

정세진은 자신도 모르게 신음이 토해졌다. 결국 출판시장도 자본주의 시장경제에 따라 움직이는 유통망이었다. 어떤 식으로든 홍보를 해야 할 테고, 그나마 조금 반응이 있는 책을 더욱 확산시켜 보겠다는 출판사의 고육지책을 이해 못할 것도 없었다. 언제부턴가 그러한 사재기는 출판사의 홍보전략 가운데 한 가지로서 공공연히 행해져 왔다. 그러나 언젠가 서점 직원 한 명이 그 실상을 적나라하게 폭로하고 나서면서 출판사나 서점 모두가 곤경에 빠졌었고 방송과 언론으로부터 뭇매를 맞은 뒤

당사자들이 자정의 목소리를 내놓으면서 외부적으로는 일단락된 문제였다. 그것이 정말 스스로의 자정 선언으로 완전히 잠재워지리라고 믿을 만큼 순진하진 않았지만 그래도 그러한 관행이 오히려 도를 더해가고 있다는 사실을 확인하게 되자 씁쓸하지 않을 수 없었다.

"이번엔 정말 좀 팔아봐야 하지 않겠습니까. 제가 애들을 풀어서 작업을 하면 2주 정도면 순위에 오를 수 있을 겁니다."

정세진은 김 과장의 말에 퍼뜩 정신이 들었다.

"무슨 소릴 하고 있는 거야?"

"다들 하는걸요, 뭘. 오히려 안 하는 출판사가 이상한 겁니다."

"김 과장!"

정세진이 정색을 하고 말했다.

"내가 언제 김 과장보고 책 못 판다고 뭐라 그런 적 있어?"

"……."

"김 과장 마음 알아. 요즘 워낙 책이 안 팔리니까 어떻게든 방법을 찾아보려는 것. 그렇지만 그건 아닌 것 같아. 난 말야, 김 과장이 오히려 그런 걸 무슨 무용담처럼 떠벌리는 친구가 있으면 욕을 해버릴 수 있으면 좋겠어. 그래, 우린 돈이 없어서 그 짓을 하고 싶어도 못한다, 그렇지만 너 같은 자식들 때문에 우리 출판영업인들이 도매금으로 욕을 먹는 거 아니냐 하구

말야."

김 과장이 고개를 떨구었다.

"그게 자기 살 뜯어먹는 짓이라는 걸 왜 몰라. 물론 자기만 안 하면 손해라는 피해의식도 문제지만, 그런 방식이 영원할 거 같아? 그건 사기야, 범죄라고. 독자들을 완전히 우롱하고 김 과장 같은 동료들을 엿먹이는 처사 아냐. 물론 나 같은 사장들 잘못이지만 그래도 직원이 자존심을 지키면 사장이라고 함부로 할 수 있나. 아무튼 앞으로 그런 소린 입 밖에도 내지 마."

"죄송합니다."

"아니, 김 과장이 미안해할 필욘 없구. 아무튼 우리라도 정도를 걸어보자구. 그러다 안 되면 우리 함께 장렬하게 전사하는 거지 뭘."

정세진이 피식 웃었다. 김 과장도 쑥스러웠던지 얼굴을 붉히며 머리를 긁었다.

"회의 그만하자구. 아무튼 그런 더티한 방법 말고 우선은 다른 사람들에게 알리는 게 중요하니까 어떻게 하면 좋을지 계속해서 신경 좀 써보자구."

정세진이 회의록을 덮으며 말했다.

"알겠습니다."

정세진은 숙취로 아픈 머리를 싸매며, 이놈의 술을 끊어야 할 텐데 하며 지난밤 삼차까지 간 걸 반쯤 후회하고 있는데 노크소리가 났다. 물 낡은 점퍼 차림의 김진현 기자였다.

정세진은 소파로 자리를 옮겨 앉으며 그를 맞았다.

"어쩐 일이야?"

"이인서 씨 책 아직 안 나왔어? 책 구경하러 왔는데."

"오후에나 볼 수 있을 것 같은데. 왜, 책소개라도 해줄라구?"

"이번에 기사 싣는데 책도 같이 실으려고."

"또 기사를 낸다구?"

"이인서 씨가 얘기 안 해? 며칠 전 인터뷰했는데."

"그랬어? 별로 말이 없는 친구라. 또 쓸 말이 있어?"

"무슨 소리야? 이제 시작이야. 난 이거 큰 문제라고 봐. 한 분야에 정신적인 스승이랄 수 있는 분이 도둑질을 했다. 그런데 그걸 모두가 쉬쉬하고 감싸주었다면 이건 미필적 고의에 절도 방조죄가 돼. 아무리 훔친 물건으로 굶주린 자식들 배불리는 데 사용했다 해도 절도는 절도인 거야."

"뭐 그렇게 어렵게 말해. 표절은 도적질이다, 그 이야기 아냐? 아무튼 김윤식 교수가 임자를 만났구나. 내 보기엔 별것도 아닌 것 같구만."

정세진이 슬쩍 눙쳤다.

"뭐야, 김 교수 표절이 별거 아니라는 거야, 내 기사가 별거 아니라는 거야?"

"알면서 물어? 기사가 후지니까 아무 반응이 없는 거잖아.

알 만한 사람들도 침묵이고 저쪽에서도 무반응이고."

정세진은 또 은근히 마음에도 없는 소리를 했다. 실상 정세진은 어제 처음으로 만난 임수빈으로부터도 그 기사의 반향을 느낄 수 있었다. 그 대학 출신이라는 그녀는 김윤식 교수의 강의를 교양강좌로 들은 적이 있을 만큼 잘 알고 있어서 물었더니 지우형과 달리 《말》지에 실린 기사도 읽었으며 그걸 보고 무척 놀랐다고 했다. 그렇지만 역시 믿기지 않는다는 반응을 보였는데, 세진이 그 친구의 책이 내일이면 자신의 출판사에서 나온다고 하자 몇 번을 '그게 정말이냐?'고 관심을 나타냈던 것이다. 사람들은 그 사건 자체에 대해서는 놀라워하면서도 아직도 설마 김윤식 교수가 그럴 리가 있겠는가 하는, 긴가민가 여기는 분위기였다.

"어차피 한 번의 기사에 큰 반향을 기대했던 것은 아냐. 다른 언론에서 전혀 받아쓰질 않는 게 아쉽지만, 김윤식 교수 쪽에선 모종의 움직임이 있었다는 게 감지되고 있어."

"그래? 어떻게?"

"그곳 출신 교수 가운데 아는 선배가 한 사람 있는데, 이 문제로 김 교수 제자들이 대책회의도 가지고 그랬나 봐. 자기도 연락을 받았는데 바빠서 못 갔다더군."

정세진이 놀란 얼굴로 물었다.

"김윤식 교수가 직접 나선 거야?"

"그렇지는 않은 것 같애. 그렇지만 중앙지 기자 중에 또 한 선배 이야기로는 김윤식 교수가 불러서 갔더니 이 상황을 어쩌면 좋겠냐고 묻더래."

"그럼 신문사 문화부 기자들까지 다 불러들였다는 이야기인가?"

"그렇지야 않겠지만, 정황으로 봐서는 전혀 배제할 수도 없겠지. 아직 어떤 신문도 이 문제에 대해 언급을 하지 않고 있으니까."

정세진은 새삼스럽게 이후의 전개가 흥미로워졌다. 그것이 김윤식 교수 측이 손을 쓴 탓이든, 아니면 잡지사 기자와 출판사 사장이라는 당사자들이 느끼는 만큼 세상이 문제의식을 느끼지 않아서이든, 아무튼 정세진은 더 이상 이 건이 사람들 입에 회자되기는 어려우리라 짐작하고 있던 터였다.

"그렇다면 저렇게 조용한 걸 어떻게 받아들여야 하지?"

"자기들이 반응하지 않으면 이러다 사그라들겠거니 하는 거겠지. 가장 손쉬우면서도 고단수의 대응이 무대응이니까. 이번에 다시 기사가 나가리라곤 꿈에도 생각지 못할 거야. 두고 봐, 다음 기사가 나가면 이야긴 달라질걸."

김진현의 눈빛이 의지로 빛났다. 취재에 몰두했을 때 가끔씩 보이는 눈빛이었다.

그런 김진현을 바라보며 정세진은 그가 참 부지런한 친구라는 생각을 다시 한 번 했다. 자신이 옳다고 생각하는 일에는 물불 안 가리고 뛰어드는 열정은 바로 남을 의심할 줄 모르는 순수함에서 나올 것이었다. 이른바 386세대인 그는 80년대 학생운동의 가장 중심에 서 있던 전국대학생협의회 의장을 지냈고, 그로 인해 3년간의 감옥생활까지 해야 했다. 백만이 넘는 시민 앞에서 대통령후보 찬조연설을 할 만큼 웅변력이 있고, 훨씬 조건이 좋은 여러 곳의 스카우트 제의를 받았지만 당시나 지금이나 가장 의식 있는 잡지라고 할 수 있는 지금의 잡지사에서 그의 선후배들이 그런저런 이유로 떠나가는 지금까지도 박봉을 받으면서도 최고참으로 남아 여전히 필봉을 휘두르고 있었다. 지금 같은 그를 대할 때면 기분이 좋아지는 정세진이었다. 조금 전까지 숙취로 쑤셔대던 뒷골의 아픔도 느껴지지 않았다.

"뭘 그렇게 봐, 내 얼굴에 뭐 묻었어?"

김진현이 정세진의 눈길을 의식했던지 얼굴을 만지며 말했다.

"김 기잔 죽으면 하느님과 사탄 중에 어느 편에 섰다고 평가받을까?"

"약 먹었어, 웬 자다가 봉창 두드리는 소리야?"

"『신곡』을 보면 말야. 단테가 베르길리우스를 따라 지옥문으로 들어서거든. 그가 첫번째로 구경하게 되는 방이 기회주의자들의 방이야. 이승에서 하느님과 사탄 중 그 어느 편에도 서지 않고 오직 자신만을 위해 살았다고 해서 죽고 싶어도 영원히 죽지 못하고 고통 받고 있는 방이지. 세상 사람들 가운데는 김기잘 사탄 편에 섰다고 말하는 사람도 있겠지만 내가 보기엔 하느님 편에 선 게 확실한 것 같아."

"이 친구가 왜 그래? 칭찬 같아서 기분은 나쁘지 않은데, 뜬금없이 웬 『신곡』 타령이야?"

"그럼 도대체 나는 어느 편에 서 있는 걸까? 하다못해 사탄 편이기라도 했으면 좋겠는데 내가 꼭 그 첫번째 방에서 그때 잘할걸, 그때 잘할걸 하고 후회하면서 고통 받고 있을 것 같단 말야. 그렇지 않아?"

"이 친구가 오늘 고해성사를 다 하는구만. 오늘 왜 그래?"

"김 기자나 한참 후배인 이인서는 오늘도 이 이승에서 뭔가 '희망'을 찾아서 세상과 맞서고 있는데 나는 앉아서 어떻게 하면 그걸 기사화하고 홍보해서 책이라도 한 권 더 팔아볼까 하는 생각만 하고 있으니. 내가 생각해도 한심해서 그래."

"웬 자학이야. 그런다고 안 쓸 기사를 써주고 쓸 기사를 안 쓰진 않아."

"김 기자한테 그걸 바라느니 돌아가신 우리 어머니 환생을 바라겠다. 근데 어쩌지, 괜한 걸음 해서? 책이 급하면 오후에 내가 사무실로 보내줄게."

"아냐, 바쁘진 않아. 마감까진 시간도 있고. 나 자료 좀 찾을

게 있어서 국회도서관에 가는 길이거든. 들어가는 길에 다시 들르지 뭐. 근데 오후엔 확실히 나오는 건가?"

"그럴 거야. 아, 그리고 이인서보고 책 보러 오라고 할 참인데 시간 되면 같이 만나지 뭘."

"그건 어찌 될지 모르겠다."

김진현 기자가 나간 뒤 조금 있다가 김 과장도 서점 몇 군데를 더 돌아보고 오겠노라고 자리에서 일어섰다. 인터넷서점 쪽 관계자도 만나보라며 정세진은 문 앞까지 김 과장을 배웅했다.

이제 텅 빈 사무실에 혼자 남아 있던 정세진은 이인서에게 핸드폰을 쳤다. 전화는 즉시 연결되었다.

"오후에 책이 들어올 거거든. 시간 되면 언제든 와라."

또 하나의 출판

“캔 있잖아, 그렇게 까불다 한 방에 갔잖아. 하여간 한국 애들 하는 짓거리 보면……”

택시의 앞자리에 앉아 있던 지우형은 한국 애들 하는 짓거리 운운하는 소리에 자신도 모르게 신경이 쏠렸다. 신사동으로 가기 위해 사무실 앞에서 잡아탄 택시였는데, 마포대교 조금 못 미쳐 불교방송국 근처에서 합승한 두 사내가 자리에 앉는 순간부터 줄곧 떠들어대고 있었다. 목소리나 연배로 미루어 남자는 30대 중반쯤의 다국적회사 중간관리자급쯤 되어 보였는데, 회사 내에서 벌어진 인사에 대한 이야기를 입사한 지 얼마 안 되는 후배 직원에게 줄곧 떠벌리고 있는 형국이었다.

“미국에서 20년 살고 와서 그 정도 영어 못하는 사람 있나? 리처드가 컨트리 보이가 아니거든. 그래놓고 말야, 임금 51퍼센트 올려달라, 어디 계약건은 이렇게 하는 게 좋겠다, 한국 상황은 이러니 내외국인의 근무 조건을 맞춰달라, 이렇게 매일 이메일로 쏘아대면서 잘난 척하다가 한 방에 아웃당한 거 아냐. 리처드가 어떤 사람인데. 뉴욕칼리지 나와서 월가에서 잔뼈가 굵은 사람이야. 작년에 한국 시장에서 M&A로만 320억을 벌어들였잖아."

"와!"

"리처드 와이프가 원래 경리였거든. 딸보다 두 살이 어려."

"재혼했나 보죠?"

"걔네들은 돈만 있으면 한국 사회처럼 구질구질하게 눈치 안 보고 인생을 즐기잖아. 자기 좋으면 좋은 대로 그냥 사는 거야. 그걸 탓하는 사람도 없고. 아무튼 캔 때문에 한국인들만 피 보게 생겼어. 리처드가 CEO한테 한국 애들은 시끄러워서 안 되겠다고 보고할 거 아냐. 벌써 세 번째거든. 한국 애들이 그렇게 사고 친 것이. "

대충 무슨 이야기를 나누는지 알 것 같았다. 지우형은 무엇보다 자신은 한국인이 아닌 것처럼 의식적으로 삼자적인 화법을 구사하고 있는 사내의 생김이 궁금해서 뒤통수가 근질거렸지만 노골적으로 돌아볼 수도 없는 노릇이었다. 운전기사도 같은 마음이었는지 백미러로 힐끔힐끔 뒷좌석을 살폈다. 퇴근시간이어서 강변도로는 차량들로 가득했지만 그런대로 진행은 되고 있었다. 지우형이 사장의 전화를 받은 것은 6시 조금 못

미쳐서였다.

"퇴근 후 약속 있나?"

"아뇨, 별일은 없습니다."

실상 지우형은 사장이 며칠 전 던져준 소설 원고를 마저 읽을 참이었다. 사장은 원고를 주면서 가능한 한 빨리 검토해 보라고 했던 것이다. 중간쯤 봤는데 읽기엔 무난한 원고였다. 등단 시인인데 처음 써본 소설이라고 했다. 진작에 검토했어야 했는데 차일피일했던 원고였다.

"그럼 말야, 신사동으로 건너와. 나랑 술 한잔하자구."

그렇게 말하곤 사장은 찾아올 일식집의 약도를 자세하게 일러주었다. 차 두고 택시 타고 오라는 친절한 지침까지 함께. 사장과의 술자리가 가끔은 있었지만 이렇듯 강남까지 진출하게 되는 경우는 드문 일이었다. 회사 근처에서 일차를 하고 필자들 접대 차원에서 이차로 옮겨간 적이 여러 번 있긴 했다.

무슨 일인가 궁금하지 않을 수 없었다. 전화를 끊고 사무실을 나서기 전까지 줄곧 생각해 본 결과로는, 아마 서이명 씨의 원고건으로 최근 벌어졌던 갈등을 씻어버리고자 하는 게 아닌가 싶었다. 사장은 좀 더 미루어두자는 의견이었고 지우형은 큰 기대는 접더라도 출간은 했으면 좋겠다는 쪽이었다. 지우형이 끈질기게 부탁하는 형편이었는데 결국 사장은 지우형의 고집에 손을 들고 말았다. 사장은 그럼 뜻대로 하라고 말한 뒤 다른 원고 하나를 내밀었다. 10년 가까이를 같이한 세월이었기에 사장이 뜻하는 바가 무엇인지를 지우형은 손짓만으로도 읽을 수 있었다.

"요즘 소설은 독자들에게 여류 작가만 간신히 먹힌다는 거 아냐. 시인인데 비주얼도 받쳐주는 모양이야. 대학강사고. 잘 검토해 봐, 물건이 될는지."

서이명 씨의 원고는 그래서 출간은 하게 되었지만 천덕꾸러기가 되어버린 셈이었다. 이렇게라도 책을 내는 게 의미가 있을까. 지우형도 고민스러웠지만 서이명 씨 아내의 말도 있고 해서 일단은 빠른 시간 안에 출간하는 쪽으로 마음을 굳혔다. 임수빈 씨에게 진행을 맡기고 싶었지만 그녀는 다른 원고를 맡고 있어서 다른 직원에게 맡겼다. 어차피 자신이 다른 원고에 비해 깊숙이 관여할 생각이었다.

"영어공부는 열심히 하고 있지? 내가 보기에 한이 니가 영어가 좀 떨어져."

뒷좌석 사내들의 화제는 이제 영어회화 문제로 넘어가 있었다.

"너도 조금 지나보면 알겠지만 지금처럼 기회가 한 세 번은 올 거야. 그때 놓치지 않으려면 능통한 영어가 필수야."

사내가 말하는 기회란 앞서 리처드라는 사람에게 개인적인 메일로 항의하던 캔이라는 사람이 잘리고 그 자리에 누가 대신 올라서게 되었다는 말 뒤에 나온 것이었다. 그가 말하는 기회란 곧 진급을 의미하는 듯했다.

"학원은 다니고 있는데 늘지를 않아서."

신참이 조금 비굴한 목소리로 헤헤거리며 말했다.

"공부를 한다고 생각지 말란 말야. 사고를 영어로 해. 머릿속에 떠오르는 말을 아는 영어단어로 옮겨버려. 머릿속으로 되든 안 되든 시나리오를 막 써보는 거야. 그 AFKN만 들었다는 할아버지 알지? 아무것도 몰랐는데 무조건 그 방송만 들으니까 한 3년쯤 되니까 어느 날부터 퍼뜩 그게 들리더라는 거 아냐. 컨티뉴를 계속하다로 외운 게 아니고 그냥 컨티뉴로 받아들인 거야. 한이 너한테도 기회가 오려면 어차피 5년은 있어야 할 테니까 그때까지 죽어라고 그거만 해."

"그러겠습니다."

완전히 조폭이로군, 그런 생각을 하고 있는데 택시는 이제 반포대교에서 좌회전을 기다리고 있었다.

지우형은 출간 일정을 잡은 뒤 서이명 씨와 통화했다. 이제 작업에 들어갔으니까 빠르면 이달 안엔 책을 볼 수 있을 겁니다. 속도 모르고 지우형의 전화에 서이명 씨는 고맙다는 말을 되풀이했다. 대부분의 필자들이 지우형의 출판사에서 책을 내기로 결정하면 무차별적인 광고와 기사로 지원을 받는다고 믿고 있었다. 서이명 씨 역시 그런 생각을 했을지도 모른다. 지우형은 뭐라 할 말이 없었다.

사장이 일러준 일식집을 찾기는 어렵지 않았다. 택시기사도 알 만큼 주변에서는 눈에 띄게 꾸며진 집이었다. 지우형이 들어서자 웨이터가 허리를 굽히며 혼자시냐고 물었다. 약속이 있다고 말하자, 어떻게 알았는지 혹시 출판사에서 오셨냐고 물었다. 그렇다고 하자 웨이터는 기다리고 계신다며 지우형을 안내했다. 한눈에 보기에도 내가 고리타분한 출판쟁이로 보이나 보지, 생각하며 지우형은 혀를 찼다. 사장의 단골집인 듯했다. 안내된 격자창호지문 앞에 이르자 웃음소리가 흘러나왔다. 그곳엔 사장의 것으로 느껴지는 것도 있었다. 일행이 있었던 것이다. 문을 열자 그 안에 류성문 교수와 조선일보 이 기자가 사장과 함께 앉아 있었다.

"어서 와, 편집장."

사장이 우선 아는 체를 했고 동시에 류성문이 앉은 채로 어서 오라며 손을 내밀었다. 지우형은 인사를 하며 악수를 받았다.

"이 기자도 알지?"

사장이 물었고 이 기자가 대답했다.

"그럼 알지. 우리 술도 한번 마셨잖아."

지우형은 이 기자와도 악수했다. 그는 사무실로는 여간해서

오지 않는 편이어서 마주할 기회는 거의 없었다.

"차 많이 막히지?"

"예상외로 잘 빠졌습니다."

지우형은 이 기자의 옆자리에 앉았다. 류성문과 마주보는 자리였다. 류성문이 먼저 잔을 권했다. 사기주전자 안에 담긴 것은 오이소주였다.

"이번에 제 책 만들어주시느라고 수고했어요. 내가 편집장에게 한잔 사고 싶다니까 사장님이 함께하자고 해서 그러사고 했어요."

"예."

"우리 같은 선비는 돈 없으니까 사장님이 사주시겠다니 우선 비싼 술은 얻어마십니다. 이렇게 기분 내고 책거리도 하면 양수겸장 아니겠소."

류성문의 말을 이 기자가 거들었다.

"최 사장이 사는 건 사는 거고, 류 선배님은 편집장한테 한 잔 더 사세요."

"알아 알아, 이 친구야."

이 기자에게 말한 뒤 류성문은 지우형에게 다시 은근한 목소리로 '나중에 다시 내가 소주 사리다' 했다. 자리는 웃음꽃이 피었다.

"편집장이 조금 늦어서 부지런히 먹어야겠는데, 이 마구로 좀 먹어봐. 해동이 아주 잘됐어. 마구로는 섭씨 몇 도에 녹이느냐에 따라 그 차이가 크거든. 여기 주방장이 롯데호텔에 오래 있다가 6공 땐 청와대에도 있었거든요……."

사장이 지우형에게 회를 권하고 주위의 화제를 이어가면서 분위기를 주도했다. 보통 횟집과는 달리 두툼하고 부드럽게 떠진 생선회는 보기에도 먹음직스러웠다. 오이채가 띄워진 소주는 쓴맛이 돌지 않아서 목으로 넘기기에 부담이 없었다. 권커니 잣거니 잔은 빠르게 돌았다. 모인 면면만큼이나 화제도 다양했다.

"요즘 또 국회가 공전중이지?"

"국회가 왜 국횐지 알아요? 국 끓여먹고 회 쳐먹는다고 해서 국횐 거요. 기대할 거 없어요."

몇 차례 회접시가 드나들고 지우형이 배가 불러 더 이상 회에 흥미를 잃어갈 즈음이었다. 류성문이 이 기자에게 물었다.

"허 교수가 정말 또 왔었단 말이지?"

"그렇대요. 난 못 봤구. 정말 그 선밴 왜 그러고 다닌대요? 꼬부랑 자지 제 발등에 오줌 깔긴다구, 이제 후배 기자들도 어려서 옛날 같지 않고 뒤에선 다 욕한다구요. 기사는 쓰지 않을 작정이긴 하더만. 그게 허 선배 때문은 아닌데 그걸 모른단 말야. 골통만 컸지 재주는 메주라니까."

"그래도 네 선밴데 너무 말을 막 한다."

"임금도 뒤에선 욕하는데 뭘. 그리고 내가 사실 욕한 건가요? 우리나라 사람들은 우리말 좀 하면 욕한다 그래요."

"알았다, 졌다. 니 입심을 누가 당하겠냐."

자리는 다시 지우형이 오기 전의 화제로 돌아간 듯했다. 모인 자리의 면면이 다양해서 화제가 다양하면서도 뭔가 질서가 없다는 기이한 느낌을 지우형은 그제서야 받았다. 연배로 보자면 사장이 선임이고 그 밑으로 류 교수, 그리고 이 기자, 지우형의 순이었다. 그러나 이 기자는 사장과 지우형에겐 말을 놓았고 류 교수에게는 님 자까지 붙이며 깍듯했다. 사장은 가장 나이가 많으면서도 류 교수에게는 극존칭을, 이 기자에게는 적절한 공대와 하대를, 지우형에겐 사무실에서와 달리 철저히 하대했다. 물론 지우형은 모두에게 존칭어를 사용했다.

"이제 책이 나왔으니까 다른 신문들에선 어찌 나올지 모르지. 중앙과 동아는 쓰지 않을 것 같던데."

"그래? 이인서 그 친구, 조선에 대해서는 공식적으로 안티를 선언하고 나선 처지니 너희 입장에서 기사를 안 쓰는 건 이해가 가지만, 걔넨 왜 그러지? 후배애들이 그래, 안 쓰겠다고?"

"그쪽은 후배애들이 그러는 게 아니고 위에서 막았나 봐요."

"무슨 소리야?"

"그쪽 출판사하고 무슨 문제가 있는 모양이에요. 그 출판사가 이전에 중앙에서 양심선언하고 나온 기자가 쓴 글 출판해줘서 걔네들 아주 엿먹였잖아요. 이후에 블랙리스트에 올라서 앞으로 책 기사 받긴 다 틀린 거죠. 그 자식들 골난 김에 서방질하는 거죠 뭘."

"설마? 그래도 메이저급 언론사에서 그런 사소한 문제로 그렇게 치사하게 굴까?"

"다 사람이 하는 일이에요. 걔넨 감정 없나. 나도 기자지만 그 속도 들여다보면 드러워요. 야단치는 시어미보다 말리는 시누이가 더 미운 법이잖아요."

그러고 보니 류성문 교수 옆에는 책 한 권이 놓여 있었다. 처음에는 무심히 보아넘겼는데 지우형은 이번엔 유심히 그 책을 살폈다. 제목은 '타는 혀'였다. 그러고 보니 정세진이 말했던 바로 그 이인서의 비평집이었다. 그렇다면 이 기자가 이야기하는 그 책은 『기자수첩』을 이야기하는 것일 터였다. 신문의 편파보도와 세금포탈 문제를 정면으로 다룬 그 책은 신문사에 다니던 한 기자의 양심선언으로 세상에 공개됐다. 그 폭로 글은, 언론과의 관계를 생각하지 않을 수 없는 것이 출판이기 때문에 몇 군데 출판사를 전전하다 필경엔 정세진의 손에까지 들어왔고 그 친구는 흔쾌히 출판을 작정하고 나섰던 것이다. 이후 그것이 책으로 나오고 난 뒤 출판사가 겪어야 했던 여러 이야기들을 지우형은 정세진으로부터 들어 알고 있었다. 그때 자신도 그런 이유로 그렇게 말렸었는데 '신문은 신문이고 책은 책인

거'라며, 그래도 기자정신이 살아 있음을 세상에 알릴 더할 나위 없는 책인데 이걸 왜 망설이겠느냐며 그 친구는 고집스럽게 출간을 감행했었다. 설마 이런 걸 가지고 그렇게 큰 신문사가 마음에 담아두면 그것도 우스운 거지 뭘, 그런 말까지 했지만 이후 그 친구 출판사에서 내는 책들은 그곳 신문지면에서 거짓말처럼 사라져버렸다. 그게 과연 우연일까? 그건 결코 우연일 수 없다는 걸 제삼자인 지우형이 보기에도 알 수 있었다.

"도대체 이인선가 뭔가 하는 친구가 어떤 애야? 애들 장난하는 것도 아니고, 솔직히 우리나라 대학교수들치고 연구논문 쓰면서 외국 서적 인용 안 하고 한 줄이라도 베끼지 않는 교수가 있나? 난 듣고 보니까 별것도 아닌 것 같구만, 그걸 가지고 뭘 그렇게 난리야. 애들 장난하는 것도 아니고."

사장이 끼어들었고 이 기자가 다시 맞장구를 쳤다.

"그러게 말이지. 공자도 못 읽는 문자가 있고, 부처도 못 외는 염불이 있는 거지. 뭘 그걸 가지고 대단한 것 찾아낸 것마냥 호들갑인지. 그 어린 친구도 그렇지만 그걸 또 무슨 특종이라고 미다시까지 '문학비평계의 태두 김윤식 교수 표절했다'라고 뽑아서 장장 6면에 걸쳐 써갈기냔 말야. 그러니까 시대착오적인 잡지란 소릴 듣지."

"《말》지 그 기자놈도 웃기는 친구라니까. 이 책 낸 출판사 사장 친구라는 이야기도 있더라구. 나 참, 어이가 없어서. 지금 보니까 이렇게 책 낼라고 사전 정지 작업한 거지 뭐야.”

류성문이 책을 집어들어 흔들었다. 그러다 지우형이 중간에 끼어들었다는 것을 그제서야 인식한 건지 지우형을 돌아보며 물었다.

“아, 편집장은 이 책 못 봤지? 봤나요?”

“아, 아니오.”

지우형은 모른 척 책을 넘겨받았다. 이야기만 들었지 실상 아직도 책은 보지 못했다. 지우형은 책의 앞과 뒤 카피와 날개를 들쳐 필자의 사진을 들여다보았다. 그가 한 말인 듯한 카피가 눈에 들어왔다.

학문의 초입에 있는 사람이, 또한 비평계의 말석에 있는 사람이 우리 근대문학 연구의 중추적 역할을 하고 있는 선배 학자를, 또 평단의 가장 중심적인 역할을 하고 있고 현재에도 지침 없이 현장비평을 수행하고 있는 선배 비평가를 비판할 때, 상당한 심리적 부담감이 동반되는 것임에 틀림없다. 우리 사회처럼, 두드러지게 ‘장유유서’의 관행이 철저하게 준수되고 있는 곳에서, 이러한 작업은 자칫 ‘치기’ 혹은 ‘객기’의 산물로 오해될 수 있는 것이 현실적 상황이기 때문이다. 하지만 이러한 작업이 우리 학계 및 비평계에 건전한 지성의 통풍이 될 수 있는 단 1퍼센트의 가능성이라도 존재한다면, 혹 그러한 가능성이 절망적일 정도로 존재하지 않는다고 할지라도, 누군가는 묵묵히 이 일을 해나갔을 것으로 나는 믿고 있다.

"거기 뽑아논 카피들 좀 봐. 질풍노도니 풍찬노숙이니, 20대의 통과제의니, 겉멋만 잔뜩 들어가지고 말야. 그 출판사 사장하고 이인서가 선후배 사이래. 죽이 아주 착착 맞아요. 이런 출판사들 때문에 막 배움에 열중해야 할 학생들과 순진한 독자들이 피해를 입고 그러는 거라구. 요즘 출판이 문제라니까. 가관이야. 문학사의 연대기적 의미라구? 나 원 참, 우리 선생님 뵙기 민망해서."

류성문이 노골적으로 불쾌한 기색을 숨기지 않았다. 듣고 앉아 있기가 거북했지만, 그렇다고 친구를 변호하지도 못하고 엉거주춤 셋이 나누는 이야기를 들으면서 지우형은 우정 그 대화에 끼어들지 않으려고 책을 뒤적였다. 직업은 못 속인다고 지우형은 그러면서도 '이 친구 책은 잘 만들었군' 하는 생각을 했다. 같은 편집자인 자신이 보기에도 그 책은 제목부터 표지까지 보통의 문학비평서의 틀을 벗어나 있으면서도 너무 생뚱맞지 않고 적당한 품격을 유지해 호기심을 자극하고 있었다.

"류 교수님, 시간 되시면 자리 정리하고 오늘 노래 한 곡 하시죠?"

사장이 류 교수에게 물었다.

"저는 괜찮습니다. 편집장은?"

류 교수가 지우형을 배려하며 물었다. 다음 자리가 당연히 어떤 자리라는 것을 아는 지우형은 다소 난감한 기분으로 사장을 보았다.

"시간 되면 같이 가지 뭘. 류 교수님이 편집장한테 할 얘기도 있는 모양인데."

그렇다면 이 자리에서 빠져나갈 아무런 명분도 이유도 없는 것이었다.

"그렇게 하겠습니다."

네 사람은 자리를 정리했다.

용궁 속 비즈니스

일식집을 나서자 이미 이야기가 되어 있었던지 사장의 차가 대기중이었다.

"조금 불편하시더라도 한 차로 옮기죠. 금방 갈 겁니다."

사장이 류 교수에게 양해를 구했다. 사장의 얼굴은 기분 좋게 불콰해 있었다.

"아닙니다. 별말씀을요."

이 기자가 끼어들었다.

"근데 류 선배님, 지금 기생집 가는데 괜찮겠어요? 고기도 먹는 놈이 먹고 돈도 써본 놈이 쓴다고, 선배님은 그런 데서 못 놀 사람 같은데?"

그렇게 농을 치는 이 기자는 지금 가고자 하는 그곳에 아주 익숙해 있는 듯했다.

"너 자꾸 그러는데 나두 네 말뽄새처럼 문자 하나 쓸까?"

류성문도 대취한 것은 아니더라도 전작으로 인해 말투가 평소 같지 않은 것은 분명했다.

"해보소."

"사내치고 용두질 안 쳐본 놈 없고, 계집치고 보지 속에 손가락 안 넣어본 계집 없다고, 기생도 도인 기생이 있다는 것쯤 나도 알고 산다."

"하하하, 역시 류 선배님은 다른 선배하고 달라. 운치를 안다니까. 완존히 공자 앞에서 문자 쓴 꼴이었구만 내가. 하하하."

사장은 조수석에 앉았고 셋은 뒷좌석에 붙어앉았다. 지우형, 류 교수, 이 기자 순이었다.

"용궁으로 가실 거죠?"

운전대를 잡은 젊은 사내가 익숙한 듯 물었고 사장이 '응'이라고 짧게 대답했다. 조금 전의 류성문의 음담패설도 그 약효를 다한 것인지 차 안에 잠깐 침묵이 돌았다. 모두가 취해서 호기를 부리는 중에 잠깐씩 찾아드는 알 수 없이 허전한 침묵이라고 해야 할까, 지금 옮겨가고 있는 '용궁'이라는 말이 풍겨내는 이미지 때문일까, 아니면 한참을 지껄이다 보면 찾아드는 술꾼의 낙차감 같은 것이었을까.

"근데 류 교수님, 도인 기생이라는 건 뭡니까? 뭐 다른 뜻이 있습니까?"

분위기를 의식했던지 사장이 백미러를 통해 류 교수에게 물었다. 기회를 놓치지 않고 이 기자가 먼저 받았다.

“하여간 최 사장은 멋쟁이야. 돌아가신 울 엄마가 배움을 구하고자 할 때는 제 계집도 팔 수 있어야 한다고 했는데, 자고로 궁금하면 물어야 한다니까.”

“하하, 별것 아닙니다. 문득 책에서 봤던 일화 하나가 떠올라서 한 말입니다. 옛날에 이율곡의 부친이…… 편집장님, 이율곡의 부친 이름이 뭐였죠?”

“이원수죠.”

지우형이 대답했다.

“맞아요. 갑자기 생각이 안 나네. 이원수가 서울에서 벼슬살이를 하다가 강릉의 집에 다니러 가는 중이었어요. 잘 아시겠지만 옛날엔 반드시 대관령 길을 넘어야 했거든요. 이원수가 고개를 넘다가 날이 저물어서 한 주막에서 머무르게 되었는데, 그날 상을 내오는 처자가 하늘에서 금방 내려온 선녀처럼 곱더란 말입니다. 잘 차린 주안상에 취기는 오르고 선녀 같은 계집이 옆에서 정성스레 술을 따르니 그도 사낸데 왜 춘정이 일지 않겠어요. 그래도 그때는 운치라는 것이 있어서 돈만 있다고 여자를 사는 게 아니라 마음이 맞아야 속궁합을 맞출 수 있었으니까, 이원수가 여자의 의향을 묻자 여자는 기다렸다는 듯 응하더랍니다. 그날 저녁 주안상을 물리고 그 여자를 청해 막 합방을 하려는데 갑자기 어흥 하는 소리와 함께 호랑이 한 마리가 주막으로 뛰어들더란 말입니다. 주막이 온통 난리가 났겠죠. 근데 그 영악한 짐승이 이원수가 묵고 있는 방 앞에서 집중적으로 소란을 피우더랍니다. 혼비백산한 여자는 본채로 물러갔고 결국 이원수는 뜻을 이루지 못하고 아침을 맞게 됐지요. 깨어나 보니 지난밤에 인 춘정은 더욱 맹렬하게 이원수를 괴롭혔지만 학자 체면에 아침부터 계집에게 매달릴 수는 없는 것이기에 꾹 참고 그 길로 강릉의 신사임당에게 한걸음에 달려간 겁니다. 그리고 당연히 그날 운우지정을 나누게 되었거든요. 이원수가 다시 한양으로 올라가는 중에 그 계집이 생각나서 그 주막에 들러보니 여전히 그 기생이 있더랍니다. 해서 이원수는 당연히 그때 못 푼 한을 풀어내고자 다시 그날 밤 주안상을 받고 여자를 청하니까 계집이 말하기를, 저는 애초에 선비님이 잘나서 유혹을 한 것이 아니오라 그때 선비님께서는 반드시 큰 동량이 될 인물의 씨앗을 품고 계셨기에 그 씨를 받고자 했던 것입니다. 그런데 이미 강릉에 가셔서 부인께 씨를 주시고 온 마당이니 제가 어찌 쭉정이와 다름없는 선비님과 동침을 하겠나이까, 하더라는 겁니다. 그때 가진 아이가 조선시대 대학자인 이율곡입니다. 이 일로 기생 중에도 도인 기생이 있다는 말이 생긴 거죠."

류 교수의 이야기를 흥미롭게 듣는 동안 차는 '용궁' 앞에 다다라 있었다.

휘황한 샹들리에 불빛을 받으며 계단을 밟아 내려가자 카펫이 깔린 복도가 나왔고, 거의 동시에 연락을 받고 나왔는지 마담으로 보이는 여자 하나가 사장에게 인사를 했다.

"대표님 오셨어요. 이 기자님도 오셨네?"

간신히 서른은 되어 보일 나이의 여자는 지우형이 보기에도 한때 여러 남자 죽였겠구나 싶을 만큼 예뻤다.

"오늘 귀한 손님도 모시고 왔으니까 잘해봐!"

"물론이죠. 들어가세요. 인사 여쭐게요. 이 군! 대표님 7호실로 모셔라."

류 교수와 이 기자, 지우형이 '이 군'이라 불린 웨이터를 따라가는 사이 마담이 사장의 팔을 당겼다.

"저쪽에 박 의원님도 와 계시거든요. 알려드릴까요?"

사장이 잠시 망설이더니 고개를 저었다.

"아니, 오늘은 그냥 우리끼리 조용히 마시다 갈게."

"그러세요 그럼."

안내된 룸은 사방 벽이 대리석으로 치장된 예닐곱 평 되는 방이었다. 한쪽에 화장실과 붙박이장이 있었다. 테이블은 길고 넓어서 이쪽 편에서 저쪽 편까지가 상당한 거리였다.

자연스레 사장 옆에 앉게 된 지우형이 물었다.

"이런 곳에 의원님들도 오나 보죠, 얼굴 팔리면 지역구 관리가 곤란할 텐데?"

사장이 웃었다.

"하여간 우리 편집장 순진하긴."

이 기자가 받았다.

"얼마 전 잘나가는 한 야당 의원 후원회가 있었거든. 그 후원회에 온통 꽃같이 고운 쭉쭉빵빵들이 참석자들 눈을 즐겁게 해줘서 모두 궁금해했는데 전부가 강남의 룸살롱 마담들이었다는 거 아냐. 하하하."

"설마요."

"허, 이 친구 세상 물정을 이렇게 몰라서."

잠시 후 마담이 이 기자의 말대로 그야말로 꽃 같은 여자들 네 명을 앞세워 룸으로 들어섰다. 이미 밖에서 이야기가 되어 있었던 것처럼 여자들은 자연스럽게 자신의 파트너 옆자리를 차지하고 앉았다.

"이 기자님, 왜 이렇게 오랜만이세요."

"너 학교는 안 빠지고 잘 나가냐? 오빠 안 올 땐 공부 열심히 해라."

사장이 마담에게 류성문을 가리키며 소개했다.

"류 교수님이셔. 이번에 책을 내셨는데 또 베스트셀러가 됐지. 아직 못 봤지?"

"꼭 사볼게요. 반갑습니다. 도희야, 오늘 교수님 잘 모셔야 한다."

여자가 류성문에게 안기는 시늉을 하며 '알겠습니다' 했다.

술이 들어오고 밴드가 들어오고 이 기자의 입담이 이어지고 여자들의 간드러진 웃음소리가 이어지고 폭탄주가 돌고 두서없는 이야기들이 꽤 긴 시간 이어졌다. 양주가 몇 병 비워진 후였을 것이다. 사장이 〈미워도 다시 한 번〉을 부르고 있었고, 이 기자는 파트너를 무릎 위에 올려놓고 시시덕거리고 있었으며, 류 교수는 여자의 어깨를 감싸안고 사장의 노래에 맞춰 몸을 흔들고 있었다. 지우형도 몽롱한 상태로 그 분위기에 몸을 맡기고 있었다. 여자의 짙은 향기가 성욕을 불러일으켰다. 지우형은 애써 다른 생각을 했다. 정세진, 답답한 친구 같으니라구…… 난 베드로가 예수를 부정하듯 친구를 부정한 셈인가? 임수빈도 생각났다. 예쁘고 똑똑한 친구. 그녀는 언제 또 《말》처럼 대중적이지도 않은 잡지까지 보았던 걸까? 그날 세진과도 얘기가 잘 통하는 것 같았다. 김 교수의 표절에 대한 세진의 분노에 적절히 동참했고 우리 사회의 학벌주의의 폐해에 대해 자신의 모교를 들먹이며 욕하는 데도 진지하게 동의했다. 그날도 세진의 제의로 노래를 부르며 폭탄주를 마셨었다. 그녀도 두 잔인가를 비웠던 것으로 기억한다. 박수소리가 들리고 여자가 뭐라뭐라 묻는 말을 건성으로 대답하고 있는데 누군가 어깨를 쳤다.

"편집장 한잔 받지."

류 교수였다. 어느새 그가 지우형의 옆으로 와 있었다. 잠시 자리를 옮긴 듯했다.

"예."

무의식적으로 손을 내밀고 앙증맞은 양주잔에 술을 받았다.

"술을 잘하네."

"그런가요. 교수님도 많이 하신 것 같은데요."

"적당히 했어요. 그 소설은 어땠어요?"

류 교수의 갑작스러운 물음에 지우형은 정신을 가다듬었다.

"어떤?"

"한혜원 씨 소설 말예요?"

아, 이곳으로 오기 직전까지 읽던 그 소설? 사장이 며칠 전 넘겨준 것이었는데 이런저런 일로 미뤄두다 아직 다 읽지를 못했다.

"무난했습니다. 문체가 좋았던 것 같습니다."

"그래요. 시를 쓰던 친구라 문장은 좋을 거예요. 내용도 그만하면 빠지지 않고. 이런 말을 내가 해도 되는 건지 모르겠지만, 이왕 만들기로 한 거 잘 만들어봅시다. 좋은 결과가 있을 겁니다. 이 기자도 적극 나선다고 했으니."

이건 무슨 소린가? 그럼 사장과는 이미 출판계약이 끝난 상태란 말인가? 지우형은 모른 척 그냥 맞장구를 쳐주었다.

"예, 그래야지요."

"이번에 정말 고마웠어요, 책 잘 만들어줘서."

"아닙니다. 임수빈 씨가 실무는 다 했는데요 뭘."

"아, 그 여자 친구, 내 후배라고 했나?"

"예."

"언제 한번 저녁이나 같이 합시다."

"예."

지우형은 화장실을 좀 다녀오겠다고 말한 뒤 자리에서 일어섰다. 여자가 따라 일어섰다.

"됐어요."

룸에 딸린 화장실에 들어가 소변을 본 뒤 세면대 앞에 선 지우형은 수돗물로 얼굴을 적시다 무심코 거울에 비친 자신의 얼굴을 들여다보게 되었다. 붉게 달아오른 뺨과 게슴츠레 풀린 눈에 찬물이 닿자 조금 정신이 드는 느낌이었다. 얼마간 그렇게 서 있는 지우형의 눈에 세진의 얼굴이 얼비쳐 보였다. 그래, 니가 옳을지도 모르지…… 불현듯 그런 생각이 들어서 지우형은 쓴웃음을 지었다.

그러고 있는데 사장이 들어왔다. 사장도 많이 취해 있었다. 소변기에 서서 용무를 보면서 사장이 물었다.

"왜, 많이 취했어?"

"아닙니다. 이제 괜찮습니다."

"류 교수가 뭐래?"

"소설 원고 계약하셨다구요?"

"그 친구 그렇게 얘기해?"

"아닌가요?"

"아닌 건 아니고 원고만 괜찮으면 우리야 못할 이유가 없는 거니까. 류 교수와 이 기자가 적극 나설 태세니까. 괜찮을 거야."

이제 사장도 일을 마치고 세면기 앞으로 와서 손을 씻느라 몸을 웅크렸다. 둘은 거울 속을 들여다보며 이야기하고 있는 형국이었다.

"한혜원이 그 친구, 아마 류 교수와 무슨 관계가 있는 것 같아."

"무슨?"

"그냥 느낌이 그래. 그래도 알 게 뭐야 씨발. 우리야 우리 할 일만 하면 되지. 그렇지, 편집장?"

"……?"

그럴 때의 둘은 친한 친구 같다. 지우형은 그런 사장을 미워할 수 없다.

사장과 함께 화장실에서 나온 뒤 술자리는 한참을 그렇게 계속됐다.

지우형은 아침녘 인근의 호텔 침대 위에서 깨어났다. 늦은

밤에 모두 함께 호텔의 객실로 술자리를 옮겨왔고 쏟아지는 잠을 견디지 못해 돌아가야겠다는 생각을 하던 기억만이 어렴풋이 남은 채였다.

자퇴이유서

정세진이 혼자 사무실을 지키고 있는데 김진현으로부터 전화가 걸려왔다.

"별일 없지?"

"별, 무슨 일? 신문만 시끄럽지 세상은 조용해. 왜?"

"이것 참……."

김진현이 뭔가 할 말을 제대로 못하고 쭈뼛거렸다. 그런 경우는 아주 예외적인 일이었다.

"뭔데?"

정세진이 재촉하자 마지못한 듯 김진현이 전화한 이유를 털어놨다.

"이인서가 자퇴이유서를 보내왔어."

"자퇴? 누가? 인서가 자퇴를 한다고?"

"……."

"무슨 소리야? 며칠 전 책 가져갈 때도 아무 말 안 했는데, 뜬금없이 웬 자퇴야?"

정세진은 놀라 물었다. 며칠 전 사무실을 나설 때 본 마지막 모습을 떠올렸지만 전혀 맥이 닿지 않는 일이었다.

"그러게, 나도 하도 급작스럽게 당한 일이라 어떻게 해야 할지 난감해. 사실 오늘 마감이거든. 더 이상 어찌할 수도 없구. 우선 넘겨야 할 거 같아서……."

"아니, 가만있어 봐. 이게 무슨 소린지 잘 모르겠는데. 자퇴는 뭐고 그 이유서를 왜 또 잡지에 싣는다는 거지? 뭐가 어떻게 돌아가는 거야?"

"사실은 어제 이인서와 통화를 했어. 전번에 인터뷰해 둔 게 있다고 했잖아. 그 원고를 정리해서 넘기려다 한 가지 확인할 게 있어서 전화했더니, 미안하다면서 자신은 어제 학교에 자퇴서를 냈다잖아. 그게 무슨 소리냐니까, 그럴 일이 있다고, 오래 전부터 생각해 온 일인데 이제야 행동에 옮기는 것뿐이라고 미안하대. 나한테 미안해할 일은 아니지만 실상 오늘이 마감이거든, 근데 그가 학교를 그만둬 버리면 그 기사가 그대로 나가기에는 무리일 수밖에 없었어. 펑크가 나는 셈인데, 그건 그렇다 치더라도 그가 왜 갑자기 학교를 그만두려는 것인지 궁금해서, 정 사장도 알고 있는 일이냐고 물으니까, 아직 말 안 했다고, 자기가 할 테니 나보고 이야기하지 말아달라대."

"왜?"

"자세한 건 모르겠고…… 도대체 뒤늦게 이렇게 급작스레 학교를 그만두는 이유가 뭐냐고, 그거라도 알아야 기사를 보완할 수 있겠노라고 하니까, 지금은 아무 말도 하고 싶지 않다고 저녁때 이메일로 간단히 답변을 넣어두겠노라고 해서 그러라고 했는데……."

"그게 자퇴이유서였단 말이지?"

"그런 셈이야."

"안 되겠다. 전화상으로는 이해가 잘 안 돼. 내가 지금 가도 되나?"

"그럴래?"

"자퇴이유서도 볼 수 있는 건가?"

"물론."

알았다며 전화를 끊고 정세진은 서둘러 자리에서 일어났다. 문을 잠그고 나가려다, 문득 든 생각에 전화를 핸드폰으로 착발신하고 사무실을 나섰다.

빠르게 걸음을 재촉하면서 세진은 며칠 전 출간된 책을 가지러 사무실에 왔던 이인서의 행동 하나하나를 꼼꼼히 되짚어 보았다. 그러나 어디에서도 학교에 자퇴서를 던질 만큼 극단적인 행동을 실행에 옮길 만한 어떠한 단서도 잡을 수 없었다. 내일이 수업인데 예비군 훈련이라 수업에 빠지게 된 걸 걱정하던 이인서였다.

김윤식 교수에 관한 논문에 대해서는 이전에 교수님들과 약간의 분란이 있었던 터라 조금 걱정스러워해서, 오히려 이제 한 권의 책으로 네 연구성과를 묶어낸 것이니 교수님들도 자랑스러워하고 격려해 줄 거라고 하자 고개를 끄덕이며 '그렇겠죠' 하고 미소를 띠던 인서였다. 그런 그가 왜 갑자기 학교를 떠나겠다는 것일까? 정세진은《말》지 사무실이 있는 건물 앞에 다다라 핸드폰으로 김진현을 불러냈다.

"나 지금 건물 앞에 와 있거든, 옆 커피숍에 있을게."

잠시 후 김진현이 도착했다. 자리에 앉기 무섭게 정세진은 김진현으로부터 문제의 자퇴이유서를 넘겨받았다. 그것은 이미 기본적인 조판이 마쳐진 초교 상태였다. 이인서의 사진이 우선 눈에 들어왔다.

"무슨 사진까지 있어?"

"인터뷰 때 찍어둔 사진이야. 그냥 글만 실을 수는 없잖아."

원고는 '꿇고 사느니 서서 죽겠다'는 체 게바라의 말을 인용해 표제로 삼고 '김윤식 교수 표절 밝힌 대학원생의 고백'을 부제로 달고 있었다.

이 글을 쓰는 나의 마음은 참담하다. 한 편의 논문이 내 삶과 인생과 학문에 대한 의욕을 그렇게 순식간에 변화시킬 수 있는지는 정말 몰랐다. 그 일을 계기로 나는 완전히 다른 사람이 되었다. 이제 그 일의 전말을 비교적 간략하고도 냉정하게 기술할 생각이다.

내 인생과 학문적 의욕을 그렇게 순식간에 변화시켰던 그 논문은 무엇일까? 『타는 혀』에 수록된 「김윤식 비평에 나타난 '현해탄 콤플렉스' 비판」이 그것이다. 이 논문은 내가 석사과정 2학기에 재학중이던 1997년 10월에, 대학원 중간 논문발표회장에서 발표하였다.

이 논문이 쓰여진 배경은 아주 간단하다. 비평가가 되길 꿈꾸던 학부시절부터 나에게는 한 가지 소박한 생각이 있었다. 그것은 김윤식 교수가 출간한 저작 전부를 읽어보겠다는 것이었다. 틈만 나면 나는 김윤식 교수의 저작을 읽었다. 사실 당시의 나에게는 소설보다도 그의 평론을 읽는 것이 더욱 즐거웠다. 어쩌면 당시의 나로서는 그의 평론집이나 연구서, 에세이집들을 읽어나가면서, 후일 나 자신이 기획하고 설계해 나갈 비평가 혹은 학자로서의 꿈을 간접경험하고 싶었던 것인지도 모르겠다.

이러한 독서목록 중에, 문제가 된 『한국 근대소설사 연구』가 있었음은 물론이다. 나는 이 책에서 김 교수가 제기하고 있는 논의들이 매우 흥미롭게 느껴졌다. '풍경' '고백체' '언문일치' '내면' 등의 개념을 중심으로, 한국의 근대문학을 종횡무진

분석하는 그의 태도가 낯설고도 매혹적으로 느껴졌던 것이다. 물론 가라타니 고진의 『일본 근대문학의 기원』이 번역되기 전까지는, 그 낯섦과 매혹의 정체를 알 수 없었다. 역시 김윤식 교수는 매우 상상력이 풍부하고 노력하는 학자라는 생각이 들었던 것이다.

그리고 오랜 시간이 흘렀다. 대학원 석사과정에 진학하여 나름의 학문에 매진하고 있던 어느 날, 나는 서점에서 우연히 당시 막 번역되었던 『일본 근대문학의 기원』이라는 책을 발견하게 되었다. 목차를 살펴보던 나는 그 즉시 매우 놀라운 느낌에 빠져들었다. 그것은 이 책의 목차에 나와 있는 용어들이 김윤식 교수의 앞의 책에서 내가 매혹과 낯섦 속에서 감탄한 용어들과 정확히 일치하는 데서 비롯된 것이었다. 나는 그 즉시 책을 구입해 이 두 권의 책을 비교하기 시작했다.

검토의 결과는 더욱 놀라운 것이었다. 김윤식 교수가 『한국 근대소설사 연구』에서 사용하고 있는 텍스트 분석의 방식이나 논리전개가 고진의 그것과 너무나 흡사했던 것이다. 특히 몇몇 부분은 고진의 논의를 완전히 베낀 것으로 드러났다. 논문에서는 그 일부만을 제시했지만, 정밀하게 대조해 보면 매우 많은 부분에서 그의 표절 현상이 발견된다. 일부 사람들은 겨우 문장 일곱 군데를 베낀 것을 두고 표절이라 하면 너무 억울하지 않은가 하는 식의 동정론을 펴는데, 그것은 잘

못된 생각이다. 문제는 내가 논문에서 적시한 것보다 더욱 광범위하게 표절의 양상이 존재한다는 사실이며, 혹여 타인의 저작으로부터 극히 일부만을 표절했다고 할지라도 그것이 변명의 대상이 될 수는 없다는 것이다. 표절은 일종의 지적 사기이다.

그렇다고 해서, 내가 김윤식 교수의 연구업적 전체를 부정하는 것은 아니다. 나는 그가 국문학 연구에 쏟은 혼신의 열정과 그 업적들을 마음 깊이 존중한다. 그러나 그런 그가 어떤 저작의 표절을 당연시했다면, 그것은 별개의 문제이다. 지식인에게 표절은 톨레랑스의 대상이 아니다. 그것은 지적 사기일 뿐이다. 때문에 이로 인한 책임은 철저하게 김윤식 교수 자신이 짊어져야 한다.

이제 이 논문을 발표하던 당시의 발표회장으로 시선을 옮겨 보도록 하자. 나는 이 논문을 발표한 직후 벌어진 교수들의 난상토론을 매우 흥미롭게 지켜보았다. 견해는 대략 세 가지로 갈렸다.

어학을 전공하는 한 젊은 교수는 이 논문을 읽은 직후 매우 흥분한 어조로, 국문학계의 원로교수가 이러한 문제를 범했다면 철저하게 학문적 비판의 대상이 되어야 한다는 견해를 표명하였다. 물론 이러한 견해는 이른바 소수의견으로 그쳤다.

다음의 경우는 김윤식 교수를 적극적으로 옹호하는 분이었다. 그 교수는 당시 막 우리 대학에 부임한 젊은 교수였는데, 나의 발표논문을 읽고는 매우 당황해하였다. 그도 그럴 것이, 그 교수는 김윤식 교수를 마치 자신의 부친처럼 존경한다는 뜻을 '우리 선생님'이라는 표현을 통해 거침없이 발성하곤 했던 사람이기 때문이다. 그의 옹호론은 매우 단순하고 간략한 것이었다. 김윤식 교수가 너무 많은 책을 읽고 썼기 때문에 무의식적으로 인용한 것이라는 견해가 그것이다.

마지막 견해는 대략 다음과 같은 것이었다. 비록 김윤식 교수가 표절을 한 것이 사실일지라도, 그것을 공개적으로 비판하는 것은 삼가야 한다는 것이 그것이다. 이런 견해를 지니셨던 한 교수는 논문발표회가 끝난 후 나를 개인적으로 불러 조심스럽게 조언했다. "이런 글은 나중에 교수가 된 다음에나 발표하는 것이 나을 것 같네."

그리고 시간이 흘러갔다. 나는 석사 4학기가 되었고 「김현 문학비평 연구」라는 석사논문을 쓰는 데 집중하였다. 문제는 여기에도 있었다. 나는 이 논문의 한 장에서 김현의 비평을 비판적으로 독해하는 태도를 보여주었는데, 그게 그만 몇몇 심사위원들의 심기를 불편하게 했다는 것이다. 겨우 석사논문을 쓰면서 당대 제일급의 비평가를 비판하는 것은 어울리지 않는다는 것이 그 이유였다. 특히 김윤식 교수를 지나치게 흠모하던 젊은 교수는 그것을 나의 성격과 관련지어 이해하기도 해 난감했다. 내 성격 자체가 직선적이고 과격하기 때문에 그런 연구나 하고 있다는 것이다.

문제는 심사 대상 논문은 읽지도 않고 목차나 읽으면서 이런 저런 심사 내용을 이야기하는 지적 불성실성이었다. 비판적 연구를 성격론 차원으로 환원시키는 지적 불철저함에 나는 무척 당황했다.

결국 나는 내 견해를 끝까지 관철시켰다. 논문 최종 제출시한을 넘긴 끝에 수정하지 않고 논문을 제출해 버린 것이다. 이 사건은 그 교수에게 매우 강렬한 인상을 남긴 듯했다. 1년 후 역시 석사논문을 제출했던 대학원 후배에게 그 교수는 이런 이야기를 했다고 한다. "이인서가 박사과정에 왜 떨어진 줄 알아? 선생 말에 복종하지 않고 제 고집만 세웠기 때문이다. 너도 그렇게 될래?" 이 이야기를 나에게 들려준 후배는 몹시 흥분하고 있었다. 그것은 쉽게 말해 제도적 폭력이었기 때문이다.

석사논문을 쓰면서 박사과정 시험을 보았지만, 나는 시험에서 탈락했다. 나는 그때 무척이나 많은 생각에 잠겼었다. 혹 내가 교수들에게 찍힌 것은 아닐까? 그러니까 이른바 '괘씸죄'가 적용된 것은 아닐까 하는 생각이 그것이었다. 그도 그럴 것이, 네 명의 응시자 중 오직 나만이 탈락된 것은 기이한 일처럼 보였다.

석사논문을 제출하고 나서 나는 「김윤식 비평에 나타난 '현해탄 콤플렉스' 비판」을 과내 학술지 제10집에 게재했다. 이 학술지의 게재 자격이 석사학위자 이상인지라 당시 학과장이던 모 교수에게 조교가 게재 여부를 상의한 끝에 실리게 된 것이다. 나는 논문이 나온 직후 별쇄본을 몇 분의 교수들에게 우송했다. 이런 문제가 있는데 학자들이 침묵한다면, 그것은 '침묵의 카르텔'이 아니냐 하는 항의가 그 속에는 내포되어 있었다. 그러나 모두들 침묵했고, 오히려 엉뚱한 데서 일이 벌어졌다.

어느 날 한 원로교수가 아주 심각한 표정으로 나를 부르셨다. 한 마디도 보태지 말고 빠짐없이 실토하라는 명령조의 말과 함께. 밖에서 모 교수를 만났는데, 그 논문 이야기를 하더라는 것이다. 어떻게 된 일이냐고 추궁했다. 도대체 그 논문이 어떻게 논문집에 실릴 수 있었는가라는 사실도. 솔직히 대답했다. 뭔가 심각한 일이 벌어졌나 보다 하는 직감이 들었지만, 그저 한 편의 논문에 불과한 것이 뭐 그리 큰 파장을 일으키겠는가 하는 생각도 있었던 것이다.

그러던 어느 날, 중앙지 학술부 기자라는 분에게 전화가 왔다. 기사화를 하겠다는 것이었다. 나는 이것을 내 석사 때의 지도

교수와 상의했다. 지도교수의 말씀이 학술적 토론이 없는 상태에서의 기사화는 좋지 않다는 견해였다. 충분히 납득할 만한 이야기였으므로 나는 그대로 실천했다.

그런데 이러한 사실을 알게 된 다른 교수들이 매우 격심한 반응을 보이기 시작했다. 현대문학 전공 교수들이 모여 이 사태를 두고 회의를 거듭하였고, 각각의 교수들이 연구실로 나를 불러 이런저런 훈계를 하기 시작한 것이다. 적어도 일주일 동안 나는 조교실로 출근하자마자 교수들의 훈계를 듣는 것을 하루일과로 삼곤 했다. 그중 가장 격렬한 반응을 보인 것은 역시 젊은 교수였다. 그는 하루에도 수차례 나를 불러 호통을 치곤 했다. 그 대화의 내용 중 일부를 아직도 나는 생생히 기억한다.

"자네가 기자들한테 논문을 돌렸다는 소문이 파다하던데, 사실인가?"

"그런 일 없습니다."

"왜 그 따위 논문을 써서 제멋대로 발표하고 난린가?"

"그건 학술적 논의입니다. 비판적 문제제기일 뿐입니다."

"어떻게 자식이 아버지를 죽이려 드나? 너 오이디푸스 콤플렉스가 너무 강한 거 아냐?"

"김윤식 교수가 선생님에겐 아버집니까? 그렇다면 도대체 선생님께서 누누이 주장하는 합리주의란 무엇입니까?"

"동양적 합리성이란 것도 있잖아."

"권위에 대한 복종이 동양적 합리성입니까? 저는 그런 것 믿지 않습니다."

"자네가 그런 식으로 나오면 나 역시 자네를 제도적으로 매장시킬 수밖에 없어."

이런 대화를 하루에도 몇 번씩 그 교수와 하곤 하였다. 제도적 매장(!)이라는 교수의 이야기를 듣고 나는 대학을 떠나기로 결심했다. 당시 조교였던 나는 무단결근을 하고, 거의 일주일 동안을 거리에서 떠돌았다. 선배들과 후배들이 있었지만 누구도 이런 상황 앞에서 올바른 대안을 처방해 주지는 못했다. 대학원에서의 교수-제자 관계란 것이 워낙 특이한 형식의 주인-노예 관계인지라, 함부로 자신의 견해를 제출하지는 못했던 것이다. 미래는 막혀 있었고, 현재는 고통으로 가득 찬 것이었다.

그러나 결국 나는 대학을 떠나지 못했다. 내가 다니던 대학과 학과에 대한 사랑 때문이었다. 왜 서울시립대학교 출신인 내가 서울시립대학교를 떠나야 하는가?

그러던 중 또 한 번 나를 실망시키는 일이 일어났다. 우연히 학교 앞 전철역에서 지금은 다른 대학 영화과 박사과정으로 적을 옮긴 전임 조교를 만나게 된 것이다. 그날 나는 종로의 술집에서 그 선배와 술을 마시면서 충격적인 이야기를 듣게 되었다. 교수 중 한 분이 자신을 불러 나에 대해 이런저런 이야기를 묻더라는 것이다. 그리고 이런 이야기도 묻더란다. "혹시 너희 둘이 짜고 그 논문을 게재해서 교수 뒤통수 친 거 아니냐?" 물론 이 이야기는 절대 나에게 이야기해서는 안 된다는 다짐도 받았다는 것이다. 나는 또 한 번 실망했다. 교수-학생 관계가 아니라 이제 수사관-범죄자의 관계구나 하는 생각이 들 지경이었다. 이 일이 있은 후부터 나는 학교와 교수에 대한 모든 기대를 버렸다. 물론 나 자신의 미래에 대한 희망까지도.

《말》지에 김윤식 교수와 관련한 내 논문이 기사화되고 며칠 안 지나, 한 선배 비평가에게서 전화가 왔다. 그 선배 비평가는 내 박사과정 지도교수와 같은 잡지의 편집위원을 맡고 있었는데, 편집회의 도중 지도교수가 나에 대한 험담을 늘어놓더라는 이야기였다. 너무 걱정스러워서 전화를 해보았다고 한다. 물론 자신은 그러한 내용의 이야기를 듣고 있을 수밖에 없었다는 것이다. 괜한 일에 편들어주는 인상을 주었다가는 내 입장만 더욱 난처해질 것이라는 생각 때문이었다는 것이었다. 나는 걱정하시지 말라고 하고 전화를 끊었다. 똑같은 일이 반복되는구나 싶었다.

그리고 『타는 혀』가 출간되었다. 이 책이 출간된 직후에 박사과정 수업이 있었다. 그런데 마침 그날이 예비군 훈련인 관계로 나는 수업에 불참할 수밖에 없었다. 예비군 훈련을 마치고 서울로 돌아오는 버스에서 나는 박사과정에 재학중인 한 선배의 전화를 받았다. 그 선배는 다소 곤혹스러운 목소리로 만나자고 했다. 나는 사태를 직감했다. 또 무슨 일이 있었구나 하는.

선배는 한 원로교수가 자신을 따로 불러 해준 이야기를 내게 털어놨다. 물론 철저하게 비밀에 부치라는 이야기도 있었단다. 원로교수는 나에 대해 이런저런 이야기를 물어보았다고 한다. 요즘 대학원생들의 분위기가 이상한데, 혹시 이인서가 다른 대학원생들과 집단적으로 무슨 일을 꾸미고 있는 것은 아닌지, 이인서가 학부생들을 충동질해 학생과 교수 사이를 벌려놓고 있는 것은 아닌지 등등의 어이없는 이야기들이었다. 갈수록 태산이었다. 나는 또 한 번 절망했다.

그리고 토요일 오후 나는 그 원로교수를 교정에서 우연히 만나게 되었다. 원로교수와 나는 두 시간 정도를 교정에 앉아 이야기했다. 그 대화를 옮기면 다음과 같다.

"왜 그렇게 성급해? 밖에서 너를 '저격수'라 그러더라. 그런 꼬리표를 달아서 어떻게 하려고 그래?"

무거운 침묵이 흘렀다.

"너 때문에 학부 후배들까지 나쁜 영향 받는 거 아니냐? 너 왜 그러니? 네 지도교수도 너에게 무척이나 화가 나 있더라.

너 때문에 교수들 입장이 엉망이 돼버렸어. 도대체 왜 그러는 거니?"

나는 무척이나 지쳐 있었다. 모교 교수들까지도 학문적 의욕을 인정하지 않고 비난하는 분위기인 바에야 어디서도 희망은 찾을 수 없었다. 문제는 모두들 책은 읽어보지도 않고, 저널의 기사만을 읽고 나서 자신의 견해를 손쉽게 판단한다는 것이었다.

나는 오랜 고민 끝에 다음과 같은 결론을 내렸다. 지금 재학 중인 대학원에 자퇴서를 내겠다는 것이 그것이다. 미안하게도 적어도 나 자신의 연구 방향과 관련하여 내 모교에는 희망이 없다는 판단이 든다. 학과 교수들과의 소모적인 싸움에도 지쳤다. 정당한 문제를 제기해도 이미 나는 '왕따'다. 금기를 건드린 자는 그 자신이 금기가 된다는 말을 폴 리쾨르는 『악의 상징』에서 적어놓은 바가 있다. 내가 바로 그 금기가 된 셈이다.

나는 이 현실이 비단 내가 소속되어 있는 대학만의 문제라고는 생각하지 않는다. 그것은 한국 사회의 구조적 모순에서 파생된 하위모순이다. 구조와 맞서 고립된 한 개인이 싸울 때 그에게 주어지는 것은 '희생양'의 딱지일 확률이 높다. 나 자신의 삶이 그것을 증거한다.

글을 다 읽은 정세진은 한동안 말을 잃었다. 가슴이 아팠다. 글대로라면 그간 그가 겪어야 했을 심리적인 고통을 헤아리기는 어렵지 않았다. 모든 것을 혼자 결정하고 대응해야 했을 그의 외로움이 가슴에 아프게 밟혔다.

"어쩌지?"

침묵하고 있는 세진에게 김진현이 물었다. 그건 실상 둘이 앉아 논의하고 걱정할 차원을 넘어서긴 했지만 워낙이 급작스럽게 전개된 상황이기에 김진현도 해결책 없는 물음을 던져본 것이다. 그간에 어떤 일이 어떻게 진행되었건, 또 이인서의 그런 결심이 언제쯤 서 있었는지는 알 수 없지만, 어찌 되었건 전번 인터뷰 기사가 나가고 한 달이 채 못 돼 자퇴를 할 수밖에 없는 상황으로 몰아간 것은 둘에게도 책임이 있다는 죄의식이 막연히 작용하고 있었던 것이다.

"학교를 떠난다는 것은 그 개인에게는 너무 모험인 것 같아. 어찌 되었건 일단 자퇴는 막아야 하지 않을까?"

정세진의 말이었고 김진현이 받았다.

"나도 그래서는 안 될 것 같아서 잘 생각해 보라며 많이 말렸어. 그렇지만 그의 결심은 확고한 것 같아."

"그렇겠지. 주변에서 보기엔 짧은 시간이었을 수 있지만 본인으로서는 살아온 생애만큼이나 깊고 무거운 고뇌 끝에 내린 결단일 텐데, 왜 안 그렇겠어…… 갑자기 이 친구가 보고 싶어지는군. 일단은 만나봐야겠다."

"어쩔 셈인데?"

"글쎄…… 잘했다고 술이라도 한잔 따라줘야 하지 않을까?"

꿇고 사느니, 서서 죽겠다

김 기자와 헤어져 거진 사무실 앞에 이르렀는데 세진의 핸드폰이 울렸다. 인서인가 하는 생각에 반가운 마음으로 급하게 핸드폰을 받았는데 전화 속 주인공은 전혀 뜻밖의 인물이었다.

"세진 선배?"

그 짧은 한 마디만으로 목소리의 주인공이 누구라는 걸 확인하기까지는 시간이 필요치 않았다. 10년 가까운 세월이 흘렀음에도 불구하고 금방 알아들을 수 있는 게 신기했다.

"그래, 수경이구나……" 하는데 다급한 목소리가 터져나왔다.

"형 큰일 났어요!"

수경의 목소리는 급박함으로 떨리고 있었다.

"갑자기 무슨 소리야? 진정하고 말해봐."

"그게……."

너무 당황한 때문인지 수경이 말을 잇지 못했다. 세진이 물었다.

"거기 어디야?"

"여기 병원이야!"

"병원? 병원은 왜?"

"인서가 칼에 맞았어. 지금 응급실로 들어갔어. 빨리 와, 무서워 죽겠어."

"어딘데, 무슨 병원이야?"

무슨 일이냐고는 물을 겨를이 없었다. 칼이라니?

"성모병원이야. 강남에……."

수경이 울먹이고 있었다. 세진은 뛰어가면서 확인했다.

"국립도서관 앞에 있는 거 말하는 거야?"

"응."

"그래, 알았어. 진정해. 지금 가고 있는 중이니까 곧 도착해."

세진은 대로로 뛰어나가 택시를 잡기 위해 손을 흔들었다. 한 손의 핸드폰은 그대로 귀에 댄 채였다. 우선은 수경을 진정시켜야 했다.

"금방 갈 거야. 많이 다친 거야?"

"모르겠어. 피를…… 많이 흘렸어, 배가……."

이런 제기랄, 도대체 무슨 일이야. 세진은 욕지기가 치미는 걸 간신히 참았다.

"배라면 별일 아냐. 괜찮아. 괜찮아. 당황하지 말고, 금방 갈게. 일단 끊자."

세진은 전화를 끊고 마침 그 앞에 멈춰서는 택시 속으로 몸을 밀어넣었다.

병원 응급실 앞에 이르자 의자에 앉아 있던 수경이 세진을 맞았다.

"어서 와, 형."

수경은 세진이 우려했던 것보다는 훨씬 안정돼 있었다. 아까 핸드폰으로 외쳐대던 다급함도 느껴지지 않았다. 어찌 보면 거짓말쟁이 양치기처럼 언제 그런 일이 있었냐는 표정이기도 했다.

"어떻게 됐어, 괜찮아?"

"미안해 형, 많이 놀랐지?"

세진은 맥이 좀 풀렸다.

"무슨 일이야?"

"상처가 그리 깊은 건 아니래, 장기를 다친 것도 아니고. 꿰맸으니까, 시간이 지나면 아물 거래."

"뭐야, 그럼 정말 칼을 맞긴 한 거야? 지금 어디 있어?"

"아직 마취에서 깨어나지 않아서 자고 있어. 조금 있다 같이 들어가 봐."

"도대체 무슨 일이야?"

"인서, 하여간 쟤 때문에……."

이제 완전히 평정을 회복한 수경은 어이없게도 웃음까지 지어 보였다.

"사실은 말야. 쟤 오늘 또 욱하는 정의감이 발동한 거야."

"무슨 소리야?"

수경이 상황을 설명했다.

자신을 찾아온 인서가 학교를 그만둘 생각이라고 해서 말리다가 일단 세진을 만나 상의하기로 하고 출판사 사무실로 오기 위해 지하철역에 도착했다. 워낙 사람이 많아 에스컬레이터를 포기하고 막 계단을 밟아 내려가는데 인서가 불쑥 앞서 걷던 한 사내의 어깨를 잡았다. 옆에서 인서를 바라보며 이야기를 하고 있던 수경은 급작스러운 인서의 행동에 순간적으로 아는 사람인가 했다.

"뭐야?"

어깨를 잡힌 사내가 휙 돌아보며 날카롭게 소리쳤다.

"지갑 돌려줘."

인서가 받았다.

"뭐야, 이 새낀? 날 도둑놈 취급하는 거야?"

나이는 인서 정도 되어 보이는 점퍼 차림의 사내가 욕설을 퍼부었다. 아주 짧은 순간이었지만 인서 나이의 점퍼 차림인 그 사내의 손에서 옆의 다른 사내의 손으로 지갑이 건네지는 걸 수경은 보았다. 그야말로, 정말이냐고 다그치면 '그렇다'라고 확신할 수 없을 만큼 순식간에 벌어진 일이었다. 지갑을 넘겨받은 사내는 수경을 스치듯 하며 계단을 밟아 올라갔고 인서에게 어깨를 잡힌 사내는 인서의 멱살을 움켜쥐었다.

"이 새끼가, 별 재수가 없을라니까."

주위는 갑자기 소란스러워졌고 사람들은 무슨 일인가 호기심 어린 눈동자를 빛내면서도 슬금슬금 자리를 피했다. 인서도 지갑이 이미 다른 사람 손에 건네지는 걸 보았던지 멱살 잡은 사내의 손을 획 뿌리치고는 이미 저만큼 계단을 밟아 올라간 사내를 쫓아 뛰어오르기 시작했다. 그런 소란의 와중에 저 밑에서 날카로운 여자의 비명이 들렸다. 어머, 내 지갑!

당황한 수경은 어찌할 바를 모르고 일단 '인서야!' 부르면서 역시 계단을 되짚어 오르기 시작했다. 치마에 힐 차림인 수경이 미처 몇 계단 못 올랐을 때 이번엔 위에서 뭣에 놀란 여자의 외마디 비명소리가 들렸다. 악!

수경이 걸음을 재촉해 거의 입구에 이르렀을 때 한쪽 계단참에 인서가 쭈그리고 앉아 있는 것이 보였다. '무슨 일인가?' 하는 눈빛으로 흘끔거리면서도 막상 인서를 부축하는 사람은 없었다.

"인서야!"

수경이 달려가 인서의 어깨를 잡았을 때 고개를 드는 인서의 이마에 식은땀이 맺혀 있었다. 고통스럽게 움켜쥐고 있는 왼쪽 배 쪽에선 붉은 피가 배어나오고 있었다.

"인서야! 도와주세요! 정신 차려!!"

이곳 병원까지 어떻게 오게 되었는지 잘 설명을 못할 정도로 수경은 정신없이 인서를 병원으로 옮겨왔고 응급실로 들여보내고 나서야, 세진을 떠올렸던 것이다.

"큰일 날 뻔했구나."

이야기를 다 들은 세진이 놀람 반 안심 반으로 말했다.

"의사 선생님 말론 별거 아니래. 사정 얘길 듣더니, 영웅이구만 하면서 웃기까지 하더라니까."

"하여간 이 친구, 여러 번 놀래키는구나."

세진이 말했다.

간호사에게 인서의 상태를 물은 뒤 둘은 병동을 빠져나왔다. 자판기 커피를 한 잔씩 빼들은 둘은 나무 밑 빈 의자에 걸터앉았다.

"잘 지냈어?"

세진이 물었다.

"응, 학교에 있는 나야 뭐 특별할 게 있나, 맨날 그렇지. 선배는 출판사 한다는 거 인서한테 들어서 알고 있었어. 한번 놀러 간다는 게 차일피일하다 이 모양이네."

"그래, 그건 그렇고 인서가 자퇴를 한다고?"

“그럴 생각인가 봐. 이미 자퇴서를 제출했대.”

“꼭 그럴 수밖에 없었을까?”

“나도 반대이긴 하지만 학교라는 데가 좀 그래. 나도 회의를 느낀 게 한두 번이 아니니까. 인서 얘기 들어보니까 맘고생도 많았던 모양이야.”

“그러냐?”

세진이 수경과 응급실로 돌아오자 인서는 깨어나 있었다.

“살아난 거야?”

세진의 말에 인서가 웃으려다 얼굴을 찡그렸다. 수술 부위가 당기는 모양이었다.

“내가 오라고 전화했어. 괜찮은 거야?”

수경이 묻고 인서가 멋쩍은 표정으로 고개를 끄덕였다.

“그만하기 다행이다. 너, 나 안 보는 사이 매일 이렇게 과격하게 살았냐? 다시 너 만난 날부터 하루도 편할 날이 없다.”

“미안해요 형.”

인서가 어렵게 말했다.

“집에 알려야 하지 않을까?”

수경의 말이었다. 인서가 정색을 했다.

“그러지 마요. 내일이면 나갈 수 있다는데, 괜히 일을 벌일 필요 없잖아요.”

세진이 받았다.

"그러자. 병원빈 내가 낼게. 괜한 걱정 안겨드릴 필욘 없겠지. 늦었는데 수경인 이만 돌아가라."

"내가 있을게, 형이 가요."

"그 정도면 됐어. 여러모로 봐서 너보단 내가 낫지. 그런 복장에 어디 앉아 있기도 불편하잖아. 걱정 말고 들어가."

수경이 치마 입은 자신의 복장을 내려다봤다.

"괜찮아요. 내가 무슨 환잔가. 혼자 있어도 되니까 모두 가."

인서가 손을 내저으며 말했다.

"알았어, 내가 사라져줄게. 그러고 보니 내일 오전 강의도 있어."

수경이 말했다.

"몸조리 잘해."

병원 정문에 이르러 세진이 물었다.

"요즘 시는 안 쓰니?"

"그런 것 개한테 준 지 오래됐어요. "

수경이 웃으며 말했다.

"……?"

"형, 우리 사회에서 교수 하면서 시 쓰는 사람들, 그거 대부분 가짜예요. 먼저 갈게요!"

타고 갈 버스가 도착했는지 수경이 그렇게 툭 던져놓고 버스 정거장을 향해 달려갔다.

'시'를 '개'한테 줘버렸다는 수경과 헤어져 병실로 돌아오자 인서가 눈을 감고 있었다. 잠이 들었나 싶어 침대보를 여며주는데 인서가 눈을 감은 채 입을 열었다.

"형, 나 학교 그만둘라구요."

"그래, 얘기 들었다. 미안하다."

"형이 왜요?"

"괜히 내가 책을 내자고 해서 사태가 여기까지 온 것 같아서."

"말노 안 돼요. 이건 정말 오래전부터 생각해 온 일이에요. 그렇다고 해서, 내가 연구나 비평을 포기하겠다는 이야기는 아니니 걱정 마세요. 나는 내 삶의 가능성 일부를 자진해서 반납한 거뿐이에요. 좀 거창하게 들릴지 모르겠지만, 내 속에 있는 견해를 자유롭게 드러내고 그것을 합리적으로 토론할 수 있는 조건, 그것이 학문과 사상의 자유를 구조화하는 가장 기본적인 토대라고 생각했는데, 과연 지금 내가 몸담고 있는 대학원에서 그게 가능한가 고민했던 거고, 그 기본적인 토대마저도 왜곡되어 있는 곳이 여기가 아닌가 싶어서…… 그래서 떠나는 것뿐이에요. 공부는 어디서건 할 수 있는 거니까."

"그래, 나도 너 자퇴이유서 보고 많이 생각했다. 무엇보다 네 생각을 존중해 주고 싶다. 내가 무슨 말을 하겠냐. 넌 나보다 속이 더 깊은 놈인데. 아무튼 미안하다."

"그런 소리 말라니까요. 오히려 감사해요. 형은 내게 행동할 기회를 준 거예요."

"그렇게 말해주니 고맙다. 넌 잘해낼 거야. 아 참, 너 자퇴이유서의 마지막 말은 좀 오바 아니었냐?"

세진이 웃으며 말했다.

"하하, 좀 그렇죠? 보내놓고 다시 보니 아차 싶더라구요. 제가 그래요. 이제 제 나이가 서른인데, 아직도 서툴기만 한 거죠."

인서는 자퇴이유서 마지막에 체 게바라의 말을 인용해 다음과 같은 발언을 적어두었던 것이다.

꿇고 사느니, 서서 죽겠다. 나는 이 말이 내 마음속에 불러일으킨 날카로운 파문을 오래도록 기억할 것이다.

세진이 웃으며 물었다.

"근데 진짜 칼 맞을 때 기분이 어땠니?"

〈끝〉